이　세　상　에
나　온　것　들　의
고　향　을
생　각　했　다

────

신동엽 문학기행

신동엽 문학기행

이 세상에 나온 것들의 고향을 생각했다

초판인쇄 2020년 8월 17일 **초판발행** 2020년 8월 24일
기획 신동엽학회
글쓴이 고명철, 김응교, 김지윤, 김진희, 김형수, 맹문재, 박은미, 신좌섭, 이대성, 이지호, 최종천
펴낸이 박성모 **펴낸곳** 소명출판 **출판등록** 제13-522호
주소 서울시 서초구 서초중앙로6길 15, 2층
전화 02-585-7840 **팩스** 02-585-7848
전자우편 somyungbooks@daum.net **홈페이지** www.somyong.co.kr

값 19,000원
ISBN 979-11-5905-540-9 03810

이 책은 문화체육관광부의 '신동엽 시인 50주기 선양사업'의 지원을 받아 발간되었습니다.

신 동 엽 문 학 기 행

이 세 상 에
나 온 것 들 의
고 향 을
생 각 했 다

고명철 김응교 김지윤 김진희 김형수 맹문재
박은미 신좌섭 이대성 이지호 최종천

여기, 우리와 함께하는 신동엽

  오랫동안 신동엽 시인의 자취를 따라 좇으며 두 가지를 염원했습니다. '신동엽 사유의 길을 더듬어봐야 하지 않을까', '신동엽 문학지도를 만들어야 하지 않을까' 하는 바람이지요. 다행스럽게도 학회장을 맡아 일하면서 어설프게나마 그 두 가지를 실천에 옮기게 되었습니다. 그가 읽은 책들을 3년여 남짓 따라 읽으며 신동엽 사유의 길을 마음속에 새길 수 있었고, 그 삶의 행적을 따라 기록한 이 책, 『신동엽 문학기행 ─ 이 세상에 나온 것들의 고향을 생각했다』를 내놓으며 신동엽 문학지도를 펼쳐 들 수 있게 되었습니다.

  감격스럽습니다. 제게 신동엽은 오랜 그리움입니다. 전경인으로 표상되는 그의 시정신은 농촌에서 태어나 자란 제게 큰 울림으로 다가왔습니다. 감히 견줄 수는 없으나 제 시 밑자락에는 그의 금강과 진달래와 종로5가가 자리 잡고 있습니다. 한때 제 중심 사유는 노동해방에 기울어져 있었는데, 그마저도 신동엽 사유의 일단이라고 저는 생각합니다.

　개인적으로는 이와 같은 그리움으로, 학회에서는 신동엽 시 정신의 기원을 찾아보기 위해 '신동엽 따라 읽기'를 서둘렀습니다. '신동엽 따라 읽기'는 성공적이었다고 자평합니다. 신동엽 문학에 스민 격변기 러시아문학의 숨결들을 느낄 수 있었으며, 선배 시인들인 정지용, 오장환 등과의 교류도 흘깃거릴 수 있었습니다. 신동엽 문학에 적지않이 흩뿌려져 있는 노자, 장자의 생각들도 건져 올렸지요. 그런데 무엇보다 신기한 점은 그와 같은 과정을 거치며 우리가 신동엽 문학이 더 확장되어 감을 느낀다는 사실입니다.

　그 결과로 우리는, 오페레타 〈석가탑〉을 낭독극으로 재해석해서 51년 만에 무대에 올렸으며, 신동엽 방송대본을 저본 삼고 후학들의 글을 덧입혀 〈내 마음 끝까지〉라는 팟캐스트로 남겼습니다. 저는 이를 신동엽과 후학들의 깊은 교감이라 여깁니다. 신동엽이 과거에 머물지 않고 지금 여기 우리의 삶 속으로 들어온 것이지요. 이처럼 그의 사유가 담긴 문학적 행위들을 다시 여기에 불러내 구현하면서 우리는 신동엽의 전경인을 체감할 수 있었다고 봅니다. 이럴 때, 전경인은 추상적 구호가 아니라, '천지 간의 인간애'로 우리 가슴속에 되살아날 것입니다.

이 책 『신동엽 문학기행—이 세상에 나온 것들의 고향을 생각했다』도 그 연장선상에 있습니다. 여기 우리와 함께하는 신동엽을 만나게 됩니다. 그의 고향인 부여에서의 삶은 말할 것도 없고, 돌아가실 때까지 살았던 서울 돈암동에서의 삶을 떠올려 볼 수 있습니다. 우리는 흔히 신동엽의 생애를 부여시대와 서울시대로 나누곤 하는데, 정작 서울시대의 자취는 찾아보기 어렵습니다. 신동엽 문학이 활짝 꽃피운 때는 돈암동 시절인데도 그가 살던 곳에 표지석 하나 남아 있지 않습니다. 이 책이 바로 그 신동엽의 서울시대를 증거하는 표지석이 되지 않을까 싶습니다.

이 책에는 이렇듯 과거와 현재를 잇는 문학적 의미의 가교 역할까지 담아내려 애썼습니다. 단순히 삶터의 순례를 안내하는 가이드북이 아니지요. 신동엽 문학의 중심이 되는 삶과 사유를 새롭게 해석하고 보여주는 인문교양 지리지입니다. 신동엽 사후 50년도 더 지났으므로 그의 자취들은 거의 사라졌지만 작품 속에 남은 그의 호흡들은 여전히 가쁘고 또 애잔합니다. 신동엽의 삶과 문학을 통해 지금 여기서의 우리 삶이 조금은 더 도탑고 너그러워지길 바랍니다.

이 책의 필자로 참여하진 않았지만 학회와 함께 신동엽 정

신을 살고 계신 구중서 선생님과 여러 선후배 동료들께 감사의
말씀 남깁니다. 고맙습니다.

2020년 7월

정우영

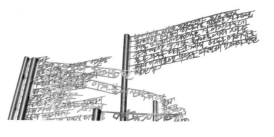

차례

서울시대

제주도와 문학관

부여시대

9

생가

자연의 아들로 자라난 시인의 고향과 옛집의 체온

금강의 물줄기가 마을을 휘감으며 땅이 마르지 않게 적시고 낮은 산등성이가 감싸 안은 모습의 평화롭고 아름다운 곳, 버드나무가 많고 해마다 여름이면 형형색색의 연꽃이 흐드러지게 피는 궁남지 연못을 품고 있는 충청남도 부여군 부여읍 동남리. 신동엽 시인의 고향은 이곳이다. 1930년 음력 윤6월 10일, 동남리 294번지 궁남지 인근에서 그는 농부 신연순과 어머니 김영희 사이에서 장남으로 태어났다.

그가 소년기와 청년기를 보낸 곳은 동남리 501-3 초가집으로, 1985년 유족과 문인들에 의해 복원·보존되었으며 2007년 7월 3일부터는 부여군에 의해 등록문화재로 등록되어 보존·관리되고 있다고 부여군수 명의의 글이 신동엽 가옥터에 적혀 있다.

부여읍 사거리에서 백마강 방면으로 가는 길에 우측 첫 번째

골목으로 돌아 내려가다 보면 보훈회관이 있고, 바로 그 왼쪽에 신동엽 생가가 보존되어 신동엽문학관 옆에 나란히 위치하고 있다. 계백동상이 서 있는 부여 로터리와 부여군청 인근으로, 부여 시외버스터미널과도 인접해 있어 부여읍 시내의 중심 위치에 있다고 할 수 있다. 궁남지, 정림사지, 국립부여박물관 등 백제 유적지들이 둘러싸고 있는 위치이기도 하다.

현재의 신동엽 생가는 푸른 지붕과 파이프로 만들어 놓은 지붕 물받이 등이 있는 건물이어서 옛 모습인 초가집과는 거리가 있는데, 시인의 부인 인병선 여사가 현재의 모습으로 만든 것이라고 한다. 양철(함석)지붕으로 바꾼 것은 1970년대 새마을 운동 때이고 1985년 집을 복원하면서 다시 초가집으로 바꿨다가 3~4년이 지난 뒤 기와를 얹게 되었다는 것이다. 볏짚 구하기가 만만치 않고 개량종 볏짚은 쉽게 썩어버려 포기한 것이라고 한다.

신동엽이 세상을 떠난 뒤에도 그의 부친은 오랫동안 생가를 지켰는데, 아들의 흔적을 찾아 간혹 찾아오는 사람들을 위해 이 집을 지키며 거주했던 아버지의 마음을 생각해보게 된다. 세월이 흘렀고, 실제 거주하기도 했으므로 옛집의 모습과 일부 달라진 점이 있더라도 충분히 이해할 만한 일이다. 그러나 초가집의

1985년 신동엽 생가를 초가로 복원하는 모습과 기와를 얹은 현재의 생가

복원된 생가와 신동엽 시인의 방

　　이 세상에 나온 것들의 고향을 생각했다

정취가 남아 있지 않아 원모습 그대로 보존되지 않은 점이 아쉬운 것은 사실이다. 앞마당에 연꽃이 심어진 물 고인 곳이 있었다는데, 지금은 상상에 맡길 뿐이다.

부여에서 살던 시절은 신동엽의 삶에 어떤 자취를 남겼을까? 그는 어떤 소년이었을까? 신동엽 생가에 복원되어 있는 '시인의 방'을 보며 사람들은 시인의 삶의 많은 부분을 차지하고 있는 부여에서의 생활을 상상해보곤 할 것이다. 이 집에서 그의 삶이 시작되었고, 어린 시절의 꿈이 자랐다. 그의 문학의 기원 역시 부여에 토대를 두고 있음은 분명하다. 부여는 시인에게 소중한 사람들이 있었던 곳이고, 자연과 교감하며 자랐던 유년의 공간이며 일생과 문학에 영향을 준 많은 생각과 배움을 쌓았던 곳이므로.

신동엽의 유년, 소년기는 힘들고 고달팠다. 개인적으로 가족은 화목했고 형제는 우애가 깊었으나 민족 전체가 수난을 겪던 시기였다. 특히 신동엽의 유소년기에 해당하는 1930~1940년대 초반은 식민지 시대 중에서도 가장 깊은 어둠이 드리웠던 때였다.

신동엽의 부친은 부여 읍내에서 사법서사 일을 해서 마을의 다른 집보다는 사정이 조금 나았지만 1930년대는 일제의 강제 수탈이 계속되던 때라 먹을 것이 넉넉지 않았으며, 어려서부터 허약하기까지 했던 신동엽은 병치레가 잦았다고 한다.

"봄이 오면 새파란 풀을 씹"(신동엽, 「나의 설계—서둘고 싶지 않다」,『동아일보』, 1962.6.5)고, 그러다가 실수로 독풀을 썰어 넣어 삶아 먹다가 눈이 멀기도 하는 등 시골 사람들의 삶은 궁핍했고 '살아남기'라는 과제는 지난하였다. 게다가 동엽의 어린 시절 내내 수년간 재해가 계속되기까지 했다. 신동엽의 아홉 살 생일 무렵 1939년 8월 6일 자『동아일보』남부판 기사를 보면 "더위가 격심하고, 3년간 계속되는 재해로 인심이 흉흉"해진 상황이었음을 알 수 있다. 농민들은 "모내기를 단념하면서 대체 종자 구하기도 힘든" 기근으로 절망에 빠져 있었다. 신동엽이 살고 있었던 충남 부여도 이 재해의 피해를 직격으로 맞았다.

기사에 나와 있는 것처럼 "충남도는 재해위원회를 조직하고 19개 항목에 걸쳐 한해 대책을 발표"하였지만 별 소용이 없었고 마실 물조차 부족해 그 여름은 가난한 이들에게 더욱 끔찍한 기억만 남겼을 것이다.

"봄이 가고 여름이 오면 부황 든 보리죽 / 툇마루 아래 빈 토끼집엔, 어린 동생 / 머리 쥐어뜯으며 / 쓰러져 있었다." "벌거벗은 내 고향 마을엔 / 봄, 갈, 여름, 가난과 학대만이 나부끼고 있었다"(「눈 날리는 날」)라고 표현한 처참한 가난의 풍경은 당시에 실제로 일어났던 일들이다.

신동엽 부친 신연순의 첫 아내는 젊어서 세상을 떠났고, 두 번째 부인이 낳은 9명의 아이 중 첫 아들이 신동엽이었다. 위로 이복형이 있었으나 아기 때 잃었고, 신동엽 밑으로 있던 누이동생 넷도 일찍 죽었다. 신동엽의 집도 다섯이나 되는 아이를 잃었듯, 의료혜택과 영양공급이 충분하지 않았던 시골의 궁핍한 집에서 아이들은 많이 죽었다. "가난과 학대만이 나부끼"던 시절, 그의 고향은 일제의 수탈로 신음했고 이후 전쟁을 겪으면서 더욱 비참해졌다.

하지만 굶주리고 넉넉지 못한 형편 속에서도 식구들은 다정했으며 육남매는 사이가 좋았다. 신동엽은 아버지에 이어 4대

독자이자 집에서 유일한 아들이었으니 그에게 쏟아진 사랑과 기대의 무게는 결코 가볍지 않았을 것이다. 그 기대에 부응하듯, 일찍 글을 깨치고 책을 읽을 정도로 명석했던 그는 1938년 부여 공립 진죠소학교에 입학한 후 학교에서는 늘 학급임원을 도맡는 모범생으로, 집안에서는 집안일을 돕는 다정하고 착한 아들로 자랐다. 독서를 즐기는 조용하고 사색적인 소년이었다.

『신동엽 평전 — 좋은 언어로』(김응교, 소명출판, 2019)에 쓰인 것처럼 "누나와 함께 찬이나 국거리로 쓸 만한 나물을 뜯으러 들녘과 산자락을 쏘다니"던 시절은 먹을 것이 없어 나물이라도 뜯어야 하는 힘든 삶의 일부이기는 했으나 "더덕, 돌나물, 달래, 딱쥐를 비롯해 삽주, 원추리 등 수많은 풀 이름을 배"우며 자연에 스며들었던 기억과, 어려운 현실 속에서도 두레, 품앗이 등으로 서로 협력하며 어울려 살던 이웃들과 스스로 먹을 것을 구하는 사람들에 대한 기억은 자립과 자치를 기반으로 "생명에 대한 성찰을 통해 도달한 삶의 근원으로서의 농민 공동체"(오창은, 「시적 상상력, 근대체제를 겨누다」, 『창작과비평』, 2009.봄)에 대한 '생태아나키즘'적 사상의 토대가 되었을 것이다.

계속되는 기근에 전국적으로 인심이 흉흉해졌지만, 신동엽이 살던 마을의 이웃들에겐 인정이 있었다. "수수럭거리는 수

수밭 사이 걸쩍스런 웃음들 들려 나오며 호미와 바구니를 든 환한 얼굴 그림처럼 나타나던 석양夕陽……// 구슬처럼 흘러가는 냇물가 맨발을 담그고 늘어앉아 빨래들을 두드리던 전설傳說같은 풍속"(「항香아」)이 살아있던 옛 고향에서 화목하게 어울리고 공존하며 "들국화처럼 소박한 목숨을 가꾸기 위해 맨발을 벗고 콩바심하"며 살아갔던 '사람들'은 그가 꿈꾸던 세상의 구성원들이었다. 위 구절들에서 찾아볼 수 있는 것은 서로 반목하거나 사익을 추구하기보다 함께 공존하며 상생하는 온정적인 공동체의 모습이다.

시 「술을 많이 마시고 잔 어제 밤은」이 그려내고 있는 이상적인 공간이 "개성에서/ 금강산 이르는 중심부엔 폭 십리의 완충지대, 이른바 북쪽 권력도/ 남쪽 권력도 아니 미친다는/ 평화로운 논밭"인 것은 그가 발 딛고 있었던 부여 시골마을 논밭들의 부드러운 흙의 감촉에 그 기원을 두고 있다고 여겨진다. 정직한 농부들이 땀 흘려 일해 모종을 심어 기르고, 배고픈 입들을 먹이는 곡식들이 철마다 자라나던 그 전답들은 생명의 근원을 품고 있는 것처럼 느껴지지 않았을까. 그곳에서는 어떤 화려한 영예와 권력도 의미가 없어지고 낮에 내리쬐는 눈부신 햇빛과 밤에 쏟아지는 무수한 별빛만이 보석보다 귀하며, 곡식을 자라게 하고 여물게 하는 자연법칙과 우주의 순환만이 의미를 갖는 곳이기 때문이다.

그의 고향은 평화롭고 아름다운 곳이었다. "우리가 디딘/아름다운 논밭에서 움"트는 "너그럽고 빛나는 봄의 그 눈짓"(「봄은」)을 알아볼 수 있는 눈은 그 논밭의 아름다움을 느끼며 자란 그의 어린 시절이 길러준 것이었다. 신동엽은 "돌 틈에 피어난/들국화 한송일 구경"(「진이眞伊의 체온體溫」)하러 발을 멈추는 사람이었다. 그의 자연에 대한 남다른 애착은 그가 부여 동남 마을에서 자란 "자연의 아들"이었던 것과 관련이 깊다.

"철따라 푸짐히 두레를 먹던 정자나무 마을로 돌아가자 미끈덩한 기생충의 생리와 허식에 인이 배기기 전으로 눈빛 아침처럼 빛나던 우리들의 고향"(「향아」)이라는 시 구절에서도 찾아볼 수 있듯, 그에게 '옛날'은 아무도 힘센 구둣발로 함부로 밟고 가지 않은 깨끗한 첫눈이 쌓여 있는 새벽녘처럼 때 묻지 않은 시간을 상징한다. "무지갯빛 허울의 눈부심에 넋 빼앗기지 말"도록 마음을 다잡게 하는 그의 전경인全耕人 사상의 근원이라 할 수 있다.

전경인은 대지에 뿌리 내린 욕심 없는 인간이란 뜻으로, 신동엽이 쓴 「시인정신론」(『자유문학』, 1961.2)의 철학이 집약된 용어다. 신동엽은 이 글에서 "잔잔한 해변을 원수성 세계라 부르자 하면, 파도가 일어 공중에 솟구치는 물방울의 세계는 차수성 세계가 된다 하고, 다시 물결이 숨자 제자리로 쏟아져 돌아오는 물방울의 운명은 귀수성 세계이고 땅에 누워 있는 씨앗의 마음은 원수성 세계이다. 무성한 가지 끝마다 열린 잎의 세계는 차수성 세계이고 열매 여물어 땅에 쏟아져 돌아오는 씨앗의 마음은 귀수성 세계이다"라고 썼다. 그는 인류가 되돌아가야 할 곳이 '귀수성의 세계'라고 강조했다. 자연과 교감하며 자란 농부의 아들이었던 사실은 만물의 순환에 대한 생각에 기초하는 그의 이상적 세계관에 영향을 주었고, 그는 이 사상에 기반해서 "민중이 주인이 되는 나라, 자유와 평등과 평화"가 가득한 세상에 대한 꿈을 꾸었다.

"시란 바로 생명의 발현인 것"이며 "인간의 원초적, 귀수성적"인 것이라고 그는 믿었다. 시를 논의할 때에는 "시인의 인간 정신도와 시인혼"이 문제되어야 한다고 했던 신동엽은 "그의 생명으로 털어놓는 정신 어린 이야기가 있다면 그것은 가히 우리시대 최고의 시가 될 수 있을 것"이라고 생각했다.

도시에 와서 삭막한 삶을 살면서도 그의 마음은 종종 고향을 향했다. 그러나 고향을 생각할 때면 핍박받고 착취당한 민중들의 지난한 현실이 겹쳐져 늘 마음이 무거웠던 것 같다.

그가 시인으로 활동하던 시기, 이미 옛 고향은 일제 강점기와 전쟁을 겪으며 훼손되고 짓밟혀 사람도, 땅도 그대로 남아 있지 않았다. 또한 60년대에는 급격히 사회가 변화하고 도시에 인구가 모이면서 농촌 해체의 문제가 심각했다. 평화롭고 아름다웠던 고향의 옛 모습은 영영 잃어버린 것이 되었고 그런 상실의 아픔 앞에서 느낀 무력감도 매우 컸을 것이다. 그래서 시인은 이렇게 썼던 것일까.

나에게도 고향은 있었던가. 은실 금실 휘황한 명동(明洞)이 아니어도, 동지(冬至)만 지나면 해도 노루꼬리만큼씩은 길어진다는데 금강(錦江) 연안 양지쪽 흙마루에서 새순 돋은 무를 다듬고 계실 눈 어둔 어머님을 위해 이 세모(歲暮)엔 무엇을 마련해 보아야 한단 말일까

―「진이의 체온」 부분

이 시에서 "광화문 네거리를 거닐다" 친구를 만난 시인은 자네 손이 왜 이리 찬가, 라는 친구의 물음에 "빌딩만 높아가고 물가만 높아가고 하니 아마 그런가베 했더니 지나가던 낯선 여인이 여우목도리 속에서 웃더라"는 이야기를 하고 있다. 사람 많은 광화문 사거리에서, "은실 금실 휘황한 명동"에서 그가 느꼈던 소외

감, 고독함은 단지 서울이라는 타향에서 가지는 향수병만은 아니었다. 빌딩과 물가가 높아가는 세상, 자본의 척도로 사람을 재단하고 돈이 제일 중요한 가치가 되어가는 물신주의가 팽배한 시대에 비록 살림살이는 더 나아졌더라도 사람들의 마음이 가난해져가고 있음을 시인은 문제적으로 바라보았던 것이다.

전쟁으로 피폐해진 전후 한국사회에서는 "온갖 수단과 방법으로 자신의 이익만을 꾀하는 사람, 또는 그런 무리"를 의미하는 '모리배'라는 말이 흔하게 쓰이며 성장만능주의, 배금주의가 널리 퍼져 있었고 권력과 돈이 결탁하여 정치는 부정부패로 더럽혀지고 있었다. 서울의 시끌벅적하고 화려한 거리에서 속물적인 분위기 속에 섞일 수 없던 시인이 느꼈던 고독함은 상대적 박탈감이라기보다는 자신을 그러한 '차수성의 세계'에서 스스로 단절시키려 한 마음이라고 볼 수 있다.

시인은 천민자본주의에 시들어가고 있던 당시 한국사회의 생명력을 되살릴 힘을 '귀수성의 세계'에서 얻고자 했고 자신의 기억 속에 남아 있는 옛 고향의 이미지는 그 세계를 연상시키는 촉매제이자 연결고리가 되어 주었다.

"금강錦江 연안 양지쪽 흙마루에서 새순 돋은 무를 다듬고 계실 눈 어둔 어머님"(「진이의 체온」)을 위해 무엇을 할 수 있을까 생각하는 아들의 마음처럼, 그는 늘 어디선가 지쳐 있을 "유난히 눈이 맑던 피난 소녀避難少女"나 "꿀꿀이죽을 안고 나오다 총에 쓰러진 소년"을 가슴 아프게 떠올리고 그들에게 체온을 되찾아주길 원했다.

그가 생각하는 희망은 따뜻한 양지에 앉아 "새순 돋은 무를 다듬"는 어머니의 행위와 같은 것이었다. 이미 쓰러진 소년에게 다시 숨을 불어 넣어주고 싶은 시인의 마음은 "그 소년의 염원이 멎어 있는 그 철조망 동산에도 오늘 해는 또 얼마나 다숩게 그 옛날 목홧단 말리던 아낙네 입술들을 속삭여 빛나고 있을 것인가"라고 쓰며 좌절된 꿈이 다시 이어질 수 있도록 따뜻한 세상의 온기를 되살리고 싶어 했다.

"나에게도 고향은 있었던가"라는 말은 사실 고향의 존재를 다시 떠올리고 회상하기 위해 던지는 머리말과 같은 역할을 한다. 언뜻 듣기에는 회의적인 어조 같지만, 이 시를 다 읽고 나서 다시 앞으로 돌아가 생각해보면 "고향은 있었다"는 사실을 환기시키기 위한 것으로 느껴진다.

가난과 고단함을 껴안는 '인간'이 상실된 현실에서 그는 물리적 고난도, 정신적 가난도 다 품을 수 있었던 옛 고향의 사람들을 그리워했다. "목홧단 말리던 아낙네 입술들"에서 흘러나오던 언어들은 따뜻한 희망의 속삭임이었고 "얼음 뚫고 새 흙 깊이 씨 묻어두"(「싱싱한 동자瞳子를 위하여」)기 위해 맨발로 대지에 나서던 사람들의 걸음걸이는 "새봄 오면 강산마다 피어날 / 칠흑 싱싱한 눈동자瞳子를 위"한 것이었다.

　"싸릿문 앞엔 무표정한 세금고지서"가 놓여 있고 "행복은 멀리 몇 뿌리의 도시탑都市塔 위에 곪아 있"으며 "오늘도 광화문 앞마당 / 고등식高等食을 배 불린 해외족海外族의 / 마이크 연설"이 시끄럽게 울려 퍼지는 세상에서 그의 잃어버린 고향은 어둠 속에서도 꺼지지 않는 빛처럼 마음 한 구석에 늘 자리하고 있었다. "세속된 표정을 / 개운히 떨어버린, 승화昇華된 높은 의지 가운데 / 빛나고 있는" 눈을 위해, "그런 빛을 가지기 위하여 / 인류는 헤매인 것"(「빛나는 눈동자」)이라고 시인은 믿었다.

　"민중이 주인이 되는 나라, 자유와 평등과 평화와 풍요로 가득 찬" 세상이 도래하리라는 꿈은 신동엽 시인이 시를 쓰는 원동력이 되어 주었다. "호미 쥔 손에서 / 쟁기 미는 자세姿勢에서 / 역사歷史밭을 갈고 / 뒤엎어서 / 씨 뿌릴 / 그래서 그것이 백성만의 천지가 될"(「주린 땅의 지도원리指導原理」) 이상세계는 모든 제도나 규범, 차별과 구분을 넘어선 공간이다. 물론 이런 세상은 아직도 우리에게 요원하기만 하지만, 그것이 이루기 어려운 유토피아일수록 현실의 문제를 더욱 두드러지게 해주고 그 문제가 여전히 지속되거나 심화되어 간다는 사실을 우리에게 떠올리게 하는 점이 있다.

「향아」의 구절처럼 "아침처럼 빛나던 우리들의 고향"에는 "병들지 않은 젊음"이 있었다. 그러한 고향이 상실되었다는 것을 지속적으로 환기시키고 그 문제점을 다시 각인시키기 위해서는 '없는 고향'의 빈자리를 비춰주는 일이 필요하다. 「병든 서울」에서 오장환이 말했던 "미칠 것 같은" 병든 서울에서 차가운 도시의 거리를 헤매는 와중에, 이미 사라지고 없는 옛 고향의 체온을 기억 속에서 더듬어 찾는 일은 어둠 속에 남은 빛을 끌어 모으는 일과 같았을 것이다.

물론 부여는 신동엽이 어린 시절 "맨발 벗은 아해들"(「풍경風景」)과 뛰놀던 그 때의 모습 그대로가 아니고, 집에도 예전의 흔적이 많이 남아 있지는 않지만, 부여에 가서 신동엽의 생가를 둘러보면 시인이 늘 그리워했던 고향의 온기가 무엇이었을지 짐작해 볼 수 있다.

생가에 가보면 신동엽 시인의 부인 인병선 여사가 쓴 「생가生家」라는 시가 있다. 이 시를 통해 먼저 하늘로 보낸 남편을 향한 애틋한 그리움과, 기억을 현재로 불러와 신동엽 시인을 지금 이 시간 속에서 숨 쉬게 하고 싶은 마음을 읽을 수 있다. "우리는 살고 가는 것이 아니라 / 언제까지나 / 살며 있는 것이다"라는 구절처럼, 시인은 비록 멀리 떠났지만 그가 생전에 추구하고 꿈꾸었던 것들은 그가 항상 발 딛고 살아가길 원했던 현실 세상 위에 "언제까지나 살며 있"을 것이다. "그리운 그의 모습 다시 찾을 수 없어도 울고 간 그의 영혼 들에 언덕에 피어날지어이"(「산에 언덕에」)라는 그의 시 구절처럼, 시대를 "울고 간" 그의 넋은 부여의 들에, 언덕에 흐드러지게 핀 들꽃처럼, 마르지 않고 계속 흐르는 금강의 물줄기처럼 우리 곁에 남아 있다.

(김지윤)

생가

우리의 만남을

헛되이

흘러버리고 싶지 않다

있었던 일을

늘 있는 일로 하고 싶은 마음이

당신과 내가 처음 맺어진

이 자리를 새삼 꾸미는 뜻이다

우리는 살고 가는 것이 아니라

언제까지나

살며 있는 것이다

금강

시혼의 원류, 민족 역사를 담은 금강

금강

신동엽의 '금강'은 시인이 "냇물 구비치는 성성한 마음밭"(「향촌아」)으로 삼았던 그의 문학의 원류를 이루는 공간이다. 「금강」은 4,673행의 장편서사시로, 1894년 동학혁명, 1919년 3·1운동, 1960년 4월혁명을 연결하는 민중혁명의 줄기를 발견할 수 있다. 금강은 이 작품에서 민족의 역사를 포용하는 공간으로 상징되지만, 실제로 많은 물줄기들이 합쳐지는 강이다. 금강은 전라북도 장수군 장수읍이 그 발원지이며, 충청남북도를 넘어 강경에서부터 충청남도·전라북도의 도계를 이루며 군산만까지 흘러든다. 신동엽의 고향이 부여라는 것을 고려할 때 신동엽이 만난 금강 줄기는 백마강이었을 것이다. 금강의 줄기는 부여에서는 백마강이라는 별칭을 갖고 있기 때문이다.

두산백과의 '금강'에 대한 설명을 보면, 길이 394.79킬로미터, 유역면적 9,912.15제곱킬로미터인 긴 강이며 옥천 동쪽에서 보청천報靑川, 조치원 남부에서 미호천美湖川 등 스무 개 정도 되는 지류가 합류해서 만들어진 강이다. 채만식의 『탁류』는 금강 줄기에 대해 다음과 같이 자세히 묘사하고 있다.

이 강은 지도를 펴놓고 앉아 가만히 들여다보노라면 물줄기가 중등께서 남북으로 납작하니 째져가지고는 그것이 아주 재미있게 벌어져 있음을 알 수 있다. 한번 비행기라도 타고 강줄기를 따라가면서 내려다보면 또한 그럼직할 것이다. 저 준험한 소백산맥이 제주도를 건너보고 뜀을 뛸 듯이, 전라도의 뒷덜미를 급하게 달리다가 우뚝…… 또 한번 우뚝…… 높이 솟구친 갈재와 지리산, 두 산의 산협 물을 받아 가지고 장수로, 진안으로, 무주로 이렇게 역류하는 게 금강의 남쪽 줄기다. 그놈이 영동 근처에서 다시 추풍령과 속리산의 물까지 받으면서 서북으로 좌향을 돌려 충청 좌우도의 접경을 흘러간다. (…중략…) 부여를 한 바퀴 휘돌려다가는 남으로 꺾여 단숨에 놀뫼(논산) 강경에까지 들이닫는다. (…중략…) 백마강이라고, 이를테면 금강의 색동이다. 여자로 치면 흐린 세태에 찌들지 않은 처녀 적이라고 하겠다. 백마강은 공주 곰나루(웅진)에서부터 시작하여 백제 흥망의 꿈 자취를 더듬어 흐른다. 풍월도 좋거니와 물도 맑다.

금강은 상류에서는 무주에서 무주구천동, 영동에서 양산팔경陽山八景 등을 이루고, 하류에 이르러서 부여에 와 닿는다. 부여에서 백마강은 부소산을 침식하여 '낙화암'을 만들기도 했다. 상류 쪽에 대전과 청주 분지, 중류 쪽에 호서평야, 하류부에 전북평야가 펼쳐지면서 전국 유수의 쌀 생산지대를 이룬다. 이러한 풍요로움으로, 금강 유역은 오랫동안 우리 역사에서 도시의 발달을 이끌어온 젖줄이 되어 왔다. 해상교통이 발달해 금강 연안에 공주, 부여, 강경과 같은 도시들이 생겨 성장할 수 있었다. 1980년에는 신탄진 쪽에 대청 다목적댐이 세워지기도 했다.

한국문학 속의 금강

금강은 민족의 역사와 함께 호흡하며 세월의 무게를 얹어온 강으로 많은 문학적 상상력의 근원이 되기도 했다. 현재도 금강여성문학동인회 등 금강을 문학적 향유권으로 삼고 있는 문인 단체가 존재하고, 매년 금강문학 축제가 열리기도 한다.

구비문학에서부터 금강과 관련된 설화와 전설을 다수 찾을 수 있는데, 대표적인 것이 곰나루전설과 조룡대전설이다. 「춘면곡」에서는 "옥상 조량에 제비되어 날고지고 / 옥창 앵도화에 나뷔되어 날고지고 / 태산이 평지되고 금강이 다마르나 / 평생 슬픈 회포 어디에 끝이 있으랴"라는 표현을 통해 금강을 영원히 마르지 않고 끝없이 흘러갈 수심이 깊고 풍부한 강으로 인식하는 모습을 보여준다. 이처럼 금강은 풍치 있는 절경이자 넘치는 생명의 상징으로, 우리 문학 작품에서 풍요로움과 아름다움, 평화로움의 근원으로 묘사되었다.

금강, 특히 그중에서도 백마강을 노래하고 있는 농요로 〈산유화가〉가 있다. 부여를 중심으로 오랫동안 전승되어온 〈산유화가〉는 "산유화야 / 산유화야 / 사비강泗沘江 / 맑은 물에 / 고기잡는 / 어옹덜아 / 온갖고기 / 다 잡어두 / 경칠랑은 / 낚지마소 / 강산풍경 / 좋을시고오"라는 가사에서 엿볼 수 있듯 금강의 부여 쪽 줄기를 의미하는 '사비강'은 물이 맑고 많은 생명을 품은 풍요로운 강이었다. 맑은 물에 사는 고기를 다 낚을지언정 금강의 빼어난 경치는 낚지 말라는 말 속에 부여의 '강산풍경'의 아름다움을 표현하고 있다.

금강 중에서도 백마강은 옛 문헌에 사비강, 사비하, 사자강,

백강, 백촌강 등으로 기록되어 있는데 금강 줄기 중에서도 특히 경치가 아름답고 백제의 역사와 정신을 담고 있다는 이유로 많은 문학 작품의 관심을 받아왔다.

금강은 이처럼 여러 고전문학 작품에서 그 아름다움에 대한 찬탄을 담아 다양하게 변주되었다. 특히 이덕무李德懋, 서거정徐居正의 한시에는 아름다운 금강 풍경과 풍류를 즐기는 사대부들의 한적하고 유유자적한 모습이 드러나 있다. 황일호黃一皓의 「백마강가」 역시 벼슬에서 물러나 백마강가의 자연으로 돌아와 누리는 한가로운 삶을 노래한 작품으로 어부가 계열의 장가長歌이다. 제4장에서 백마강 기슭에서 지내는 생활에 대한 자세한 묘사를 하고 5장은 백마강가에서 속세를 떠나 자연과 함께하는 삶을 찬미하고 있다. 그리고 6장에서는 백제의 역사를 회상하며 느끼는 흥진비래興盡悲來의 감회를 노래했다.

그러나 사대부들이 소위 화조풍월花鳥風月을 그린 작품들을 창작한 것과는 달리, 사실상 금강은 농사를 짓고 사는 민중들의 논과 밭에 물을 제공하는 '젖줄'로 현실적인 삶터였으며 물난리가 있을 때는 범람하여 큰 수해를 입히는 원인이기도 했다.

금강은 백제시대에 수도를 중심으로 문화가 발달한 중심지가 되어 일본에 그 빛나는 문화를 전달하는 수로가 되기도 했으나 백제 멸망 후 줄곧 한恨을 품은 강이 되어온 점이 있다. 호남평야를 끼고 있는 금강이 흐르는 지역들에 큰 농경지대가 형성되어 있다는 이유로 수많은 농민들의 고통의 근원이 된 양곡 수탈, 혹심한 관폐官弊가 일어났던 것이다.

조선 말을 시간적 배경으로 해서, 열강의 각축장이 된 조선 땅에서 겪는 농민들의 통한의 삶을 다룬 유현종의 소설 『들불』은 "금강을 이용해서 왜인들이 쌀을 가져가고 그로 인해 백성들은 피폐해져 아사 직전까지 이르게 하였다. 그뿐만 아니라 권력자들도 금강을 타고 오르며 뇌물을 거두어들이기에 정신이 없고 백성들은 점점 어려워만 진다"라고 쓰고 있다. 이 구절은 금강이 민중들을 착취하고 수탈하는 수단이 되었음을 말해 준다.

장효문의 서사시 「전봉준」에도 "물에 몸을 던지는 사람은 / 호남이 제일 많아서 이만인이요 / 충청이 그 다음으로 일만이요"라며 금강이 백성들의 비극적 역사가 서린 강임을 드러낸다. 사대부들이 풍류의 공간으로 형상화했던 금강의 신화를 벗겨내고 "금강에 뛰어들어 수혼원귀"가 된 사람들을 상기시키는 것이다.

역사적으로 지속적인 민중수탈에 시달려 왔던 관계로, 금강 유역에서 종종 민중봉기가 일어났던 것은 자연스러운 일이라 하겠다. 동학운동은 그중 대표적 봉기이며, 전봉준이 공산성나루에서 붙잡혀 압송될 때 건넜던 강도 바로 이 금강이었다.

신동엽과 금강, 그리고 백제정신

신동엽에게는 이러한 문제인식이 「금강」에서 여과 없이 표현되었다. 그는 금강을 동학운동과 3·1운동 등의 민중항쟁정신이 집약된 곳으로 보고 민족역사를 품은 상징적인 강으로 그려냈다.

동학운동은 우리나라 근대 민중항쟁사에 뚜렷이 기록된 중요한 사건이다. 20~50만 명의 사람들이 목숨을 잃었고 이 나라에 청·일 두 나라가 들어와 외세의 침입을 받게 되는 구실이 되기도 했다. 그러나 조정의 부정부패나 농민의 참담한 삶의 궁핍과 고통만을 다루는 부분이 많아 다소 평면적이고 피상적으로 알려졌다고 할 수 있다. 동학 교단을 다루는 경우에는 동학의 민중항쟁으로서의 성격이 다소 약화되게 되는 일도 있었다. 근대로의 이행 과정에서 민중의식이 각성되고 개벽세상, 한울님 등 동학의 여러 개념들이 보여주는 것처럼 민중에 대한 깊은 애정과 평등사상을 담고 있다.

신동엽은 1960년 4월혁명 당시 만 서른 살로, 4·19를 동학운동 위에 겹쳐보려 했다. 역사의 중요한 변곡점, 정신사적 큰 분기점이 되면서도 미완의 혁명으로 끝나버렸다는 점에서 둘은 닮은 데가 있기 때문이다. 「금강」에서 금강을 민족의 한과 끈질긴 민중의 저항의 힘을 담은 강으로, 「빛나는 눈동자」에서는 "발버둥하는/수천 수백만의 아우성을 싣고/강물은/슬프게도 흘러갔고야"라고 노래하며, 저항을 멈추지 않는 "수천 수백만의 아우성"을 담은 강이라고 하였다.

사실 전봉준의 동학운동 주요 장소들은 부여와는 관련이 없다. 다만 마지막 전투인 우금치전투가 있던 공주는 부여와 거의 같은 지역권, 문화권으로 볼 수 있을 정도로 친연성이 높다. 아마 이 점이 부여 태생인 신동엽에게 심리적으로 가까움을 느끼게 했을 것이라.

또한 백제와 깊은 관련이 있다는 점에서 부여와 공주는 하나로 연결된다. 신동엽에게 부여, 공주는 "역사 없는/박물관"(「금강」 25장)이며 대문자 역사 안에 포획되지 않은 채 '백제'가 "망하고, 대신/거름을 남기는 곳"(「금강」 23장)이라는 표현처럼 정신적 유산으로 남아 있는 지역이었다. 신동엽이 등단한 1959년부터 세상을 떠난 1969년까지 그가 발표한 작품 속에서 백제정신은 다양하게 변주되며 나타난다.

「금강」 5장과 19장, 오페레타 〈석가탑〉을 대표적으로 들 수 있는데 그는 금강을 백제정신을 재현하는 상징적인 존재로 파악하고 있는 것으로 보인다. 그렇다면 백제정신이란 과연 무엇인가?

〈석가탑〉과 시집 『아사녀』에서 드러나는 것처럼 신동엽 작품에서 아사달·아사녀와 관련된 설화와 아사달·아사녀의 표상은 매우 중요한 위치를 차지한다. 「아사녀의 울리는 축고」, 「주린 땅의 지도원리」, 「삼월」은 물론이고 대표작으로 꼽히는 「껍데기는 가라」에서도 직접적으로 다루고 있다.

신동엽의 백제정신을 잘 드러내주는 시가 「만지蠻地의 음악」인데, "대낮처럼 조용한 꽃다운 마을"에서 나비들처럼 살아가는 한 명 한 명의 민초들에게 "꽃핀 전설"로 살아 있는 것이다. 나비처럼 미미한 날갯짓이나마 끊임없이 움직이고 "사무치게 노래 불러 강산 채울" 작고 약하지만 강인한 정신을 의미한다. 시인은 일제시대와 해방, 전후를 겪으며 주권을 잃고 속박당하며 열강의 이해관계에 좌지우지되다 분단된 조국의 슬픈 역사 속 민중들은 마치 자기 땅을 잃어버린 유민들처럼 느꼈던 것이다. 그러나 시인은 패망한 백제와 그 이후 후삼국의 유민들을 대문자 역사에서 소외된 패자敗者의 위치에서 끌어올리려고 한다. 그래서 민족이 그 넋을 계속 이어갈 것을 생각하며 "후삼국後三國의 유민遺民은 역사를 건너뛸 것이다. / 하여 세상없는 새벽 길 / 꽃다운 불알 가리고 바위에 걸터앉아 / 배잠방이 속의 상쾌한 천만년을 자랑할 것이다"(「만지의 음악」)라고 노래하였다.

그에게 백제정신은 아사달·아사녀와 같은 개별 존재들, 한 명 한 명의 민초들 속에 살아 숨 쉬고 있는 것이다. 아사달·아사녀가 백제 유민이라는 사실은 신동엽에게 가장 중요한 것이었다. 백제 멸망 이후 백제 유민들은 여러 군데로 흩어져 피신해 갔고, 석가탑을 만든 아사달 역시 멸망한 백제가 남긴 유민이었다.

대한제국 말의 문장가 황현이 『매천야록』에서 "백성의 형편을 생각하지 않고 과도한 세금을 거두어 가고 관리는 관리대로 농간을 부려 제 배를 채우기에 바빴다. 그래서 살기가 힘들어진 백성들이 사방으로 흩어져 떠돌아다녔기 때문에 전북, 충남 일대의 곡창 평야지대에는 버려진 옥토가 부지기수"였다고 했다. 이 지역들이 금강 유역이라는 것을 고려할 때 금강은 그 기슭에 살던 죄 없는 백성들이 자신의 뿌리를 잃고 떠돌며 살아갈 수밖에 없었던, 많은 유민들을 만들어낸 역사적 비극의 땅이라는 것을 생각하게 된다. 또한 황현이 백성의 수난을 언급하며 말했던 그 "버려진 옥토"들은 일제시대에 이르러 일본인들이 헐값에 사들여 백성들에게 양곡을 수탈하는 중심지로 활용되었다.

> 자본(資本)이 벨을 누르면
>
> 중앙청 정승 대감들이
>
> 맨발로 달려와
>
> 머리 조아리고,
>
> 다음날 그들
>
> 은행실(銀行室) 벼슬아치들은
>
> 호남평야(湖南平野) 원주민의 쌀값을
>
> 대폭 인하(引下).

—「금강」 제6장 부분

위 시에서 보듯 오랫동안 수탈에 시달려온 농민들의 고통이 아직도 진행중이라는 사실에 신동엽은 깊은 관심을 가졌다. 사실 금강 유역은 가장 비옥한 땅이었지만, 정작 그곳에 사는 민중의 삶이 피폐해지는 곳이었다. 근현대까지도 민중의 고통이 대물림된 까닭에 '아침 햇살 드는 곳'이라는 뜻인 '아사달'의 땅은 그 이름이 무색하게도 어둠에 물들어 있었던 것이다.

신동엽은 민중의 삶이 어둠에서 빛으로 옮겨가길 원했다. 그의 이런 이상은 평등과 우애, 개개인의 자유와 독립을 실현하는 아나키즘적 추구로 시 속에서 드러났는데, 이는 동학의 중심 사상인 인내천, 사람이 곧 하늘이라는 믿음과도 연관이 있다.

1959년 『조선일보』 신춘문예 가작이었던 신동엽의 등단작 「이야기하는 쟁기꾼의 대지」는 역사의식에 기반한 당대 현실에 대한 비판적 인식과 민중에 대한 믿음을 드러낸다.

"가리워진 안개를 걷게 하라./국경이며 탑이며 어용학의 울타리며/죽 가래로 밀어 바다로 몰아 넣으라//하여 하늘을 흐르는 날새처럼/한 세상, 한 바람, 한 햇빛 속에/만가지와 만노래를 한가지로 흐르게 하라"(「이야기하는 쟁기꾼의 대지」)에서 보듯 시인의 바람은 "국경이며 탑이며 어용학의 울타리"를 다 밀어버리고 "가리워진 안개를 걷게 하"여 "내일 낮에 피어날" 꽃을 기다리는 것이다. 국경, 탑, 어용학으로 상징되는 기존의 제도와 세계관을 폐기하고 전면적인 새로움을 추구하는 시인의 생각을 엿볼 수 있다.

우리들은 끄덕하면 외세(外勢)를

자랑처럼 모시고 들어오지.

8·15(八·一五) 후, 우리의 땅은

디딜 곳 하나 없이

지렁이 문자로 가득하다.

모화관(慕華館)에서 개성(開城) 사이의 행길에 끌려나와

청(淸)나라 깃발 흔들던 눈먼 조상(祖上)들처럼,

오늘은 또, 화창한 코스모스길

아스팔트가에 몰려나와,

불쌍한 장님들은, 대중도 없이 서양깃발만

흔들어댄다.

(…중략…)

후진국의 땅은 포도주,

포도주는 썩어야 맛이 날까.

빠다와 째즈와 딸라와

양키이즘으로, 우리의 땅은

썩혀졌을까.

원조물자, 딸라는 효모(酵母),

발효한 항아리에서 포도주 빼가기에

바쁜 넥타이 맨 장사군의 얼굴은 어떻게 생겼을까.

— 「금강」 제6장 부분

서사시 「금강」은 등단작에서의 문제의식이 더 심화되었음을 잘 보여준다. 신동엽은 이처럼 등단작부터 줄곧 작품세계에서 강한 탈식민주의와 아나키즘을 추구했다. 외세의 침입 그리고 열강과 담합을 이룬 부정한 권력으로 민초들은 무력하게 고통과 수난을 받았고, 해방 이후에도 이는 끝나지 않았다. 제대로 논의되고 청산되지 못한 과거사 문제를 안은 채 휴전과 분단 상태에서 미국과 세계정치의 구도 안에 종속되어 있었던 당시 한국 현실에 대한 문제 인식이 「금강」에 드러나고 있다. 당시 매우 폭넓게 퍼져 있었던 아메리카니즘, 포스트식민주의의 문제들을 신동엽은 매우 민감하게 인식하고 있었다.

금강은 물이 풍부한 강으로, '물에 대한 몽상'을 촉발하는 점이 있다. 순수하고 깨끗한 물은 더럽혀진 것들을 원래대로 되돌려놓을 수 있고 깨끗이 정화할 수 있는, 원류源流의 청정함으로 인한 '근원'을 상기시킨다.

"하늘 물 한아름 떠다, / 1919년 우리는 / 우리 얼굴 닦아 놓았다"(『금강』 서장)라는 구절처럼 우리 민족의 얼굴을 닦는 '하늘물'에 대한 상상력을 촉발하는 것은 그가 나고 자란 고향에 흐르는 물 – 금강이었다. 이 '하늘물'은 동학의 한울님과도 연관되는 점이 있는데 결국 인간과 역사를 정화시키는 '물'에 대한 몽상인 것이다. 신동엽은 이 '금강'의 물 이미지를 통해 구원을 꿈꾼다. "금강의 / 흰 물굽이가 가물가물 내려다보이는 동혈산" 인근의 초가집에서 태어난 아기 하늬와 "우리의 / 가슴 적시며" 지나가는 노래, "우리의 / 강산 디디며" 지나간 비, 그리고 그 "비 먹은 진달래"까지, 금강에서 출발하여 '물'의 이미지는 '젖은 것들'과 '적시는 것들'을 보여주며 점점 확장되어 "우리의 / 가슴마다 / 새 비 맞은 진달래 화창히 / 피어나는" 데까지 이르게 한다. 그리고 "먼 금강 줄기" 바라보는 진아의 시선은 시인이 살고 있는 현실에서의 종로5가 네거리에 서 있는 소년의 비 맞는 얼굴과 젖은 눈동자로 이어진다.

금강은 시인의 시세계의 원천이자 그 자체가 시적 이상의 총체를 보여주는 하나의 중요한 이미지이기도 하다. 그는 금강을 두고 "옛부터 이곳은 모여 / 썩는 곳, / 망하고, 대신 / 정신을 남기는 곳"(「금강」 23장)이라고 표현하면서, 패망한 백제의 고도古都에 여전히 남아 있는 '백제정신'을 그 위에 덧입혀본다. "바람버섯도 찢기우면, 사방팔방으로 / 날아가 새 씨가 된다"는 그의 말을 되새겨 보면서 "금강의 / 부드러운 물굽이가 / 멀리서 / 희게 빛"(「금강」 21장)나는 풍경을 바라보고 있노라면 시인이 꿈꾸었던 세상의 "새로운 씨앗"이란 과연 무엇이었을지 어렴풋이 짐작하게 된다. 아직 그 세상이 오지 않았다는 것이 아쉬워질 뿐이다.

(김지윤)

금강가에서, 인병선과 신동엽

낙화암

내 고향은 강언덕에 있었다

낙화암은 백제의 역사를 간직한 곳으로 그 아래에는 백마강이 흐르고 있고 건너편에는 들판이 보이는 곳으로 그의 대표작 중 하나인 「금강」의 무대가 된 장소이다.

낙화암은 신동엽문학관에서 차로 20여 분 정도에 위치한 구드래 나루터로 가서 다시 배로 갈아타고 10분쯤 가면 부소산성 후문에 닿는다. 거기서 고란사를 지나 산길을 따라 올라가면 백화정이라는 정자가 있고 그곳을 지나 계단을 따라 내려가면 낙화암이 있다.

백화정은 죽은 궁녀들의 원혼을 추모하기 위하여 지은 정자로 1929년 부여군수에 의해 지어졌다고 한다. 백화정 아래 낙화암 안내표석이 있는데, 세운 연도는 밝혀져 있지 않지만 가로 1미터 높이 1.5미터가량의 화강암으로 만들어져 있는 것이

부소산성 지도

보인다. 거기에는 다음과 같은 글이 새겨져 있다.

낙화암은 부소산성 북쪽과 백마강 변에 위치한다.

『삼국유사』의 기록에 따르면 백제 의자왕 20년(660) 백제가 멸망하자 궁인들이 화(禍)를 피하지 못 할 줄 알고 남의 손에 죽지 않겠다며 부여성 북쪽 구석에 있는 큰 바위에 올라 강으로 몸을 던져죽었다고 한다.

이에 후세 사람들은 궁인을 꽃으로 비유하여 이곳을 낙화암이라 불렀다. 낙화암 높이는 60m 정도이며 절벽 아래에 송시열의 글씨로 전해지는 '낙화암'이라는 글자가 새겨져 있다

지금은 구드래 나루터에서 황포돛배를 타고 들어오면 아름다운 자연풍광을 볼 수 있고 백화정에서 낙화암까지는 나무 계단으로 잘 정리되어 있어서 관광지로 개발된 모습을 보여 준다. 낙화암에서 내려다보면 풍요로운 강변 마을의 경치를 볼 수 있는데 표지석은 패망한 왕조의 슬픈 전설을 이야기하고 있다.

『백제고기(百濟古記)』에는 이렇게 말했다. "부여성 북쪽 모퉁이에 큰 바위가 있고 아래로 강물을 내려다보고 있다. 옛날부터 전해

오는 말에 의해 의자왕과 여러 후궁들은 죽음을 면치 못할 것을 알고 서로 이르기를 '차라리 자살해 죽을지언정 남의 손에 죽지 않겠다' 하고 서로 이끌고 여기에 와서 강에 몸을 던져 죽었다."

때문에 이 바위를 타사암(墮死巖)이라고 하나 이것은 속설이 잘못 전해진 것이다. 다만 궁녀들만이 여기에 떨어져 죽은 것이요 의자왕은 당나라에서 죽었다는 것이 『당사』에 분명히 기록되어 있다.

— 일연, 이민수 역, 『삼국유사』, 을유문화사, 2013, 119쪽

최초의 기록으로 남아 있는 『삼국유사』를 보면 낙화암은 역사적으로 타사암이라는 것과 궁녀들이 강에 몸을 던졌다고 했으나 속설의 잘못으로 후궁으로 기록되었다는 것을 알 수 있다. 백화정 아래에 있는 낙화암 안내표지판에는 궁인으로 적혀 있는 것을 보면서 시간이 흐르면서 역사 속 이야기들이 바뀐 것들을 볼 수 있다. 아마 패전국이었던 백제의 위상이 시간이 지나면서 점차 회복되어지는 과정은 아닐까 하는 생각을 해본다. 그러면 언제 타사암이란 명칭에서 낙화암으로 바뀐 것일까?

청구 땅이 수려함으로 잉태하여 황하와 대응하여
온조의 왕이 동명의 집에서 탄생하다

부소산 아래에서 한갓 나라를 세웠건만

기이 상서로운 이적이 어찌 그리 많았나

의관이 아름다워 문물이 풍성했고

조용히 틈을 보아 신라를 합병하려 하였지만

뒷날 열악한 자손이 이 덕을 잇지 못하고

자각 담장 높은 집에 어지러운 호사 부리다

하루 아침에 무쇠성이 기와 흩어지듯 하니

천길의 푸른 바위가 그 이름도 지는 꽃이라

— 이곡, 「부여의 회고(扶餘懷古)」 부분
(이종찬 역주, 『한국한시대관』 4, 이회문화사, 1998)

고려 말 이곡李穀(1298~1351)의 글에서 찾아볼 수 있었다. 온
조가 부소산 아래에 나라를 세우고 문물이 풍성하여 신라와 합
병하고자 했으나 자손들의 덕이 부족하여 나라가 멸망하고 그
때 죽은 궁녀들을 꽃에 비유하여 낙화암이란 이름으로 불리게
된 까닭을 시에서 소개하고 있다.

타사암이라는 지명은 훗날 백제의 역사와 문화를 담아 낙화
암이라 불린다. 단순한 지리적 공간에서 상징적 공간으로 변화
한 것이다.

신동엽 시인에게도 이곳은 백제시대의 역사가 있는 곳이면서 아름다운 사랑이 탄생한 장소이다. 운명처럼 만난 인병선 여사와 함께 데이트를 하던 장소이며, 혼례를 치르고 가정을 꾸리고 아이들이 태어난 뒤 가족들과 함께 소풍을 왔던 장소이다.

1953년, 신동엽 시인은 이화여고 3학년이었던 인병선 여사를 처음 만났다. 그 이듬해 봄 인병선 여사는 서울대 철학과에 입학했고 1955년 인병선 여사의 여름방학이 끝난 뒤 가을에 신동엽은 군에 입대했다. 신동엽 시인은 군에 가서도 틈만 나면 편지를 보냈고 부대 밖으로 나와 인병선을 만났다. 그때 군 복무 시절 부소산 백화정 앞에서 신동엽과 인병선이 데이트를 했던 행복했던 사랑의 시간들은 사진 속에 그대로 남아 있다. 그 후 4대 독자라는 점 때문에 군에 입대한 지 1년 만에 제대했다.

1956년 신동엽은 제대하고 부여로 내려가 인병선과 사주단자를 주고받고 두 달 뒤 결혼 날짜를 잡았다. 1958년 만 28세가 되던 해, 시인은 충청남도 보령에 있는 주산농업고등학교에 발령을 받아 교사가 되었다. 그러나 1년을 못 넘기고 병이 찾아와 학교에 사직서를 냈다. 그때는 폐결핵이라고 생각하여 혹시 아이에게 옮길까봐 아내는 아이들을 데리고 서울로 가고 신동엽은 홀로 병과 싸우며 금강에 가서 고기도 잡고 부소산에 올

군복무 시절 인병선과 백화정에서 데이트하는 모습
이다. 결혼 후 다시 아이들과 함께 찾는다. 백화정은
시인에게 어떤 장소보다 의미가 큰 곳이라는 생각이
든다.

아래 가족사진은 좌로부터 인병선, 신동엽, 신우섭,
신정섭, 신을숙(신동엽 시인의 막내동생), 신좌섭이다.

라 낮잠을 자면서 요양생활을 했다. 그런 상황에서도 신동엽은 계속해서 글을 썼다.

시인이 자주 올라갔던 낙화암으로 가는 길은 많은 생각을 담게 한다. 사랑하는 여인과 밀회를 나누었고 장래를 약속했던 장소이면서, 막 태어난 아이도 있는 가장이지만 병 때문에 홀로 쓸쓸히 올라갔을 그 길, 신동엽 시인의 심정은 어땠을까 하는 생각을 해본다. 아마 많은 생각을 해보았을 거라고 미루어 짐작한다. 그래서 이런 마음들이 훗날 「금강」에서 신하늬가 사랑했던 인진아에 대한 절절한 사랑의 마음, 앞으로 태어날 아기 하늬에 대한 걱정과 기다림, 희망과 함께 「종로5가」에서 나오는 노동자 소년에 대한 연민의 감정 그런 마음들로 옮겨지지 않았나 하는 생각을 해본다.

또한 이곳은 신동엽 문학의 근간을 이루었던 백제정신을 만났던 장소이다. 전시연합대학을 다니던 시절, 오랜 친구인 구상회를 만나서 신동엽은 부여를 다시 만나게 되었다. 그는 이때부터 동양의 혼과 한반도의 역사와 뿌리에 관심을 가지고 백제정신에 관심을 가졌다.

부여는 백제의 고도古都였고 신동엽 생가에서 멀지 않은 곳에는 훗날 백제의 무왕이 되었다고 하는 서동과 신라 공주 선화의 아름다운 사랑을 간직한 궁남지가 있고, 인병선 여사가 양장점을 하던 곳에서 그리 멀지 않은 곳에 백제시대 석탑의 특징을 잘 보여주는 정림사지 5층 석탑이 있다.

그런데 1933년 4월 9일 자『동아일보』에 실린「백제 고도 부여에 대유람지 계획, 경주 평양에 필적할 각종 시설, 역사적 사실을 토대로」라는 기사를 보면, "부소산을 중심으로 궁성터에는 매화, 낙화암에는 단풍, (⋯중략⋯) 그 자세한 계획은 아즉 발표치 않으나 이것으로 시작하야 장차 경주, 평양에 손색이 없을 역사적 대유람지의 계획안이 있다 한다"라는 내용이 실려 있다. 이것으로 미루어 보아 백제를 다시 재발견하여 관광지로 만들 계획을 가지고 있었던 것을 알 수 있다.

1930년대 도시의 성장과 발전은 자력에 의한 것이라기보다는 일본의 식민지 정책의 일환으로 만들어진 것이 대부분이고 부여도 예외는 아니었다. 부여고적보존회가 1929년 재단법인으로 변경되며 이후 부여는 일본의 아스카문화 형성과 관련된 곳으로 내선일체를 강화하고자 유물의 수집·조사 및 연구 발표 등이 이루어진 것도 같은 맥락으로 볼 수 있다.

그런 시대적 상황 속에서 오히려 신동엽은 구상회와 부여, 공주 등의 유적지를 여행하고 동학농민운동과 관련된 문헌 자료를 모으고 답사를 한다. 그런 행위들이 민족주의를 구체화하는 기제로 작동하였던 것이 아닌가 하는 생각이 든다. 1952년 8월 30일 일기에도 다음과 같이 적고 있다

쌍북리 가다. 구(具)와 함께.

과자가 나오고 포도주가 나오다

오후, 넷이서 부소산 오르다. 내려다보이는 들판에서 새 쫓는 소리들이 가차웁게 울려온다. 홍수가 나서 강물은 제법 벅차다. 낙화암 위에서 사진 찍다. 사진에 넣을 글자를 가지고 의견들이 구구하여 웃음 보따리를 터트리다. 사비루(泗沘樓)에 낙서되어 있는 것을 모조리 읽어보다. 멀리 떠난 친구들의 필적을 찾고 그 자리에 돌처럼 서다……

고란사에서 비를 피하다. 조용하다. 깨끗한 색시 하나가 나왔다. 숨어버린다.

—「8월 30일」부분
(강형철·김윤태 편, 『신동엽 산문전집』, 창비, 2019)

친구와 부소산에 올라 낙화암에서 사진을 찍고 사비루에 낙서되어 있는 것을 읽으며 친구들과 즐거운 시간을 보낸다. 하지만 여기서 낙서는 단순한 낙서가 아니라 바로 부여의 역사일

정림사지 5층 석탑 앞에서 인병선과 신동엽

이 세상에 나온 것들의 고향을 생각했다

것이다. 그는 이렇게 일상의 삶속에서 부여의 역사와 조우하였
다고 본다. 그리고 일기는 계속해서 9월 13일에는 "공주에 들
러서 부산 가려고 차부車部로 가다. 여행증이 마비돼서 첫차를
놓쳤다", 9월 15일에는 "구具와 그의 어머니 여장旅裝을 들고 정
안定安까지 가다"라고 하며 부여 인근의 역사적 현장에서 공주
'우금치' 등 역사의 현장들을 직접 가서 보는 여정들을 볼 수 있
다. 그런 것들이 모여 그의 진정한 역사의식이 싹텄을 것이다.

그것은 시에도 고스란히 반영되어 있다. 「금강」 25장에서 보
면 곰나루, 왕진나루, 백강, 귀암나루, 맞바우 등의 구체적 지명
들을 호명하면서 '역사 없는/박물관 속'이라 부여를 지칭한다.

진달래
지금도 파면, 백제 때 기왓장
나오는 부여(扶餘) 군수리
농사꾼의 딸이 살고 있었다.

송홧가루 따러

금성산(錦城山) 올랐다

내려오는 길

바위 사이 피어 있는 진달래

한 송이 꺾어다가

좋아하는 사내 병석 머리맡

생화(生花) 해줬지.

(…중략…)

진달래

부소산 (扶蘇山) 낙화암

이끼 묻은 바위 서리 핀

진달래,

너의 얼굴에서

사랑을 읽었다.

(…중략…)

마한(馬韓) 땅,

부리달이라는 사나이가

우는 아들 다섯 살배기를 맴매했다.

귓가에 희미한 먹이 졌다.

(…중략…)

동네 할아버지 아소는 부리달을

두레마당에 불러다 놓았다.

— 신동엽, 「금강」 제5장 부분

(강형철·김윤태 편, 『신동엽 시전집』, 창비 , 2013, 이하 전집명만 표기)

　「금강」은 동학혁명을 중심으로 신하늬와 인진아라는 어디서나 만날 수 있는 인물들을 통하여 이 땅의 민중들의 삶 속에서 그들이 서로 사랑했던 이야기와 혁명 속에서도 꿋꿋이 그들의 삶의 자리를 지켜내고 만들어가는 과정을 보여주는 대서사시이다. 이 작품은 1960년대 이 땅의 역사적 전환기를 누구보다도 뜨겁게 살다 간 신동엽 시인이 그의 무기인 시로써 우리 사회의 근원적인 갈등과 비리 그리고 부조리를 척결하고 지식인들에게 경종을 울려 주었던 시라고 할 수 있다.

그중에서 5장은 마한과 백제시대의 원시 공동체적 마을의 모습을 보여 주며, 농사꾼 딸의 슬픈 사랑 이야기와 '부리달'과 '아소'가 마을 공동체 안에서 함께 사는 삶의 모습을 볼 수 있다.

이런 모습들을 통해 마한·백제시대란 것이 현재와는 동떨어진 시대가 아닌 바로 현시대의 새로운 비전을 제시해 주는 것이 아닌가 싶다. 특히 "두레마당"은 젠트리피케이션의 영향으로 삶의 터전과 고향을 잃어버리고 있는 지금의 우리들에게 바로 필요한 장소이다. 또한 현대로 올수록 자본주의와 문명의 발달은 사람들에게 풍요와 편리함은 주었지만 인간소외, 배금주의를 가져왔다. 그런 상황에서 나이나 지위에 상관없이 서로가 존중하는 삶의 모습은 21세기를 어떻게 살아가야 하는지에 대한 하나의 전형을 제시해 주고 있다. 이것은 신동엽 시인이 말하는 '전경인'으로서의 삶의 자세가 실천된 모습이라고 할 수 있다.

신동엽 시인에게 부여는 고향이기도 하면서 백제의 도읍이라는 의미를 지닌다. 백제가 지닌 원시 공동체의 모습은 다시 「사월은 갈아엎는 달」에서도 고향의 이미지와 중첩되어 반복적으로 나타나며 새로운 조국의 앞날을 제시해 준다.

내 고향은

강언덕에 있었다.

해마다 봄이 오면

피어나는 가난.

지금도

흰물 내려다보이는 언덕

무너진 토방 가선

시퍼런 풀줄기 우그려 넣고 있을

아, 죄 없이 눈만 큰 어린 것들

(…중략…)

사월이 오면

네 가슴에도 속잎은 돋아나고 있는데,

우리네 조국에도

어느 머언 심저(心底), 분명.

새로운 속잎은 돋아오고 있는데

미치고 싶었다.

사월이 오면

곰나루서 피 터진 동학의 함성,

광화문서 목 터진 사월의 승리여.

—신동엽, 「사월은 갈아엎는 달」 부분(『신동엽 시전집』)

　"내 고향은 강 언덕에 있었다"고 하며 시작하는데 백마강 가 낙화암에서 내려다보던 고향마을이 그대로 이 작품 속의 배경 으로 옮겨 왔다는 생각을 해본다. 그 고향마을의 모습은 무너 진 토방, 가난 때문에 먹을 것이 없이 "시퍼런 풀줄기 우그려 넣 고 있을" 죄 없는 눈만 큰 어린 것들이 살고 있는 마을이다.

　그런데 그 가난은 봄만 되면 피는 꽃처럼 계속해서 현재형으 로 진행된다. 이런 모습은 그의 산문에서도 확인할 수 있는데 "내 고향 사람들은 봄이 되면 새파란 풀을 씹는다. 큰 가마솥에 자운영, 독사풀, 말풀을 썰어가지고 거기다 소금, 기름을 쳐서 세 살 짜리도 칠순 할아버지도 콧물 흘리며 우그려 놓는다. 마 침내 눈이 먼다. 그리고 홍수가 온다."(「서둘고 싶지 않다」, 『신동엽 산문전집』) 고향마을의 가난한 삶의 모습이 그대로 시로 만들어 진 것을 알 수 있다.

작가에게 고향은 그들의 작품과 아주 닮았다는 생각을 종종 하는데 신동엽 시인도 예외는 아니라고 본다. 그의 고향마을은 어찌보면 어디서나 볼 수 있었던 시골마을이었는지도 모른다. 그러나 그가 태어난 부여는 고구려, 백제, 신라 중 가장 찬란한 문화유산을 자랑하던 백제의 도읍지였다. 거기서도 백제의 도읍, 부여읍 가운데에 있는 동남리라는 마을은 신동엽 시인의 고향으로 김응교는 "동엽은 부여에서 태어남으로 평생 그의 정서적인 조국은 백제가 되었다. 국가로서의 백제가 아니라 백제가 가진 평화 공동체가 그의 정서적인 조국이다"(『좋은 언어로』)라고 하였다. 그러기에 그는 시 속에서 늘 평화 공동체를 꿈꾸었고, 시 속에는 새로운 조국을 만들고자 하는 열망과 기원起源을 깃들어 있었다. 이는 시작활동을 하던 1950~1960년대의 군부독재라는 시대적 상황과 만나면서 그를 참여문학의 포즈를 강하게 취하게 하고 혁명을 통해 세상의 진보를 부르짖게 만든 요인 중의 하나가 된 것이다.

그의 혁명의 시작은 고향마을에 있는 그 옛날 '곰나루'에서 시작된다. 거기에서 피터진 함성을 울리며 시작되었던 동학농민혁명을 호명해낸다. 비록 동학농민혁명은 실패한 혁명이었지만 그런 경험들이 모여 진보를 향해 한 발 한 발 나아가게 한다.

또한 동학농민혁명의 경험은 가슴 속에서 속잎처럼 돋아나와 다시 4·19혁명으로 이어진다. 그런 이어짐은 백제시대 때부터 내려오는 '평화 공동체'의 의지와 함께 모두가 잘 사는 세상을 만들고자 하는 열망과 합쳐지며 '갈아엎고', '일어서는' 혁명이 시작됨을 볼 수 있다.

> 비로소, 허면 두 코리아의 주인은 우리가 될 거야요. 미워할 사람은 아무데도 없었어요. 그들끼리 실컷 미워하면 되는 거야요. 아사녀와 아사달은 사랑하고 있었어요. 무슨 터도 무슨 보루(堡壘)도 소제(掃除) 해버리세요. 창칼은 구워서 호미나 만들고요. 담은 헐어서 토비(土肥)로나 뿌리세요.
>
> 비로소 우리들은 만방에 선언하려는 거야요. 아사달 아사녀의 나란 완충(緩衝) 완충이노라고
>
> — 신동엽, 「주린땅의 지도원리」 부분(『신동엽 시전집』)

「아사녀」, 「아사녀의 울리는 축고」, 「껍데기는 가라」 외에도 그의 많은 시에서 아사달과 아사녀가 등장한다. 신동엽 시인에게 그들은 백제의 유민들로, 백제를 상징하는 인물이며 사랑의 아이콘이라고 할 수 있다. 그러면서도 평범한 사람들의 삶의 모

습이 그대로 투영되어 사랑이나 혁명이 누구에게나 있을 수 있음을 보여주는 인물이다. 아사달과 아사녀는 4월혁명 이후 조국 분단의 상황에서 갈등으로 분열된 이 나라를 "창칼은 구워서 호미나 만들고 담은 헐어서 토비로 뿌리는" 적극적 행위를 통해 그들의 나라를 "완충"지대로 만들려고 한다.

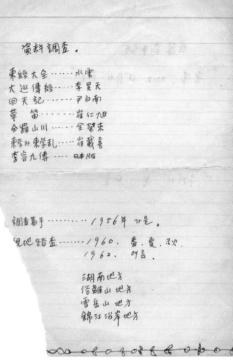

신동엽이 쓴 동학농민혁명 자료 조사 메모지

신동엽 시인은 「신저항시 운동의 가능성」이라는 글 속에서 "시란 우리 인식의 전부이며, 세계 인식의 통일적 표현이며 생명의 침투며 생명의 파괴며 생명의 조직인 것이다. 하여 그것은 항시 보다 광범위한 정신의 집단과 호혜적 통로를 가지고 있어야 한다"(강형철·김윤태 편, 『신동엽 산문전집』)고 말한다. 그러면서 '시업가는 많아도 시인은 드물다'고 한탄한다. 하지만 진정한 시인들이 그리고자 한 세계는 바로 아사달과 아사녀를 통해서 만들어지고 있는 '완충지대'로 좌우도 경계도 없는 광범

위한 그런 세상일 것이다.

　아사달과 아사녀의 이런 행위야말로 사랑과 혁명이 만나 과거의 역사적 인물에서 바로 현실의 문제를 풀어가는 적극적 주체의 모습이라고 할 수 있다. 이 시대와 조우하면서 삶의 문제를 풀어나가는 방법론을 보여주는 것이다.

> 햇빛 퍼붓은 목화밭, 서해 가의 무논에서
> 젖이 흐르는 주먹팔 봄 포도밭에서
> 손 고운 흰 허리를 잃어버렸을 때
> 후삼국의 유민은 역사를 건너뛸 것이다.
>
> 하여 세상없는 새벽길
> 꽃다운 불알 가리고 바위에 걸터앉아
> 배잠방이 속의 상쾌한 천만년을 자랑할 것이다.
>
> ─ 신동엽, 「만지(蠻地)의 음악」 부분(『신동엽 시전집』)

　혁명을 통해서 현실을 변화시킨 후 시인이 꿈꾼 미래의 모습을 볼 수 있는 시이다. 후삼국의 유민들은 삶의 모든 것들을 건너뛰어 모든 것이 원래의 것으로 돌아갈 야만의 땅에서 지나간 천만년을 자랑할 것이라고 한다. 그것은 어쩌면 시인이 지향하는 혁명의 모습이 아닐까 하는 생각이 든다. 자유스러운 삶을 맛보면서 먼 훗날에는 그저 자랑스런 삶이였다고 말하는 모습을 상상해 볼 수 있다.

신동엽은 늘 언제 어디서나 시인임을 자부했고 고향의 모습들을 잊지 않고 그의 정신을 시에서 보여주고 있는 영원한 사랑과 혁명의 시인이었다는 것을 알 수 있다.

나도 내 인생만은 조용히 다스려 보고 싶다. 큰 소리 떠든다고 세상 정치가 잘 되는 것이 아니듯이 바삐 서둔다고 내 인생에 큰 떡이 돌아오진 않을 것이다. 그날이 와서 이 옷을 벗을 때까지 산과 들을 바람결처럼 흘러가는 것이다.

얼마 아니 지나면 가로수마다 윤기 짙은 새 잎이 화창하게 피어날 것이다. 그리고 신록의 푸짐한 경영 밑에 젊은 구둣소리가 또각또각 먼 꿈을 싣고 사라져갈 것이다. 그 사라져가는 언덕 너머 내 소년시절의 인생의 꿈은 사리고 있었다.

언젠가 부우연 호밀이 팰 무렵 나는 사범학교 교복 교모로 금강 줄기 거슬러 올라가는 조그만 발동선 갑판 위에 서 있는 적이 있었다. 그 때 배 옆을 지나가는 넓은 벌판과 먼 산들을 바라보며 '시'와

'사랑'과 '혁명'을 생각했다.

　내 일생을 시로 장식해 봤으면

　내 일생을 사랑으로 장식해 봤으면

　내 일생을 혁명으로 불질러 봤으면

　세월은 흐른다. 그렇다고 서둘고 싶진 않다.

— 신동엽, 「서둘고 싶지 않다」 부분

(강형철·김윤태 편, 『신동엽 산문전집』, 창비, 2019)

(박은미)

산길을 걷고 있는 인병선과 신동엽

백마강가

신동엽 시 구상의 태자리들

신동엽 시인하면 「이야기하는 쟁기꾼의 대지」, 「껍데기는 가라」, 「산에 언덕에」 등 여러 시편과 함께 서사시 「금강」이 떠오른다.

서사시 「금강」은 서화 1, 2와 본화 26장, 그리고 후화 1, 2의 3부로 된 4,673행의 장편서사시로, 역사적인 사실들을 재해석하여 현재를 비판하고 미래의 전망을 가질 수 있게 한다. 동시에 신하늬와 인진아라는 두 남녀의 애정을 자연스럽게 그리고 있다. 신하늬와 인진아는 신동엽과 인병선(신동엽 시인의 아내)의 모습으로 보이기도 한다. 연애시절 석림과 추경이란 애칭으로 편지를 주고받았던 그들의 모습을 투영한 것이다.

시인이 시를 처음 언제, 어디에서 쓰기 시작했는지는 정확하지 않다. 전주사범학교를 다닐 때 읽은 책을 보면 시집들이 다

×   ×   ×   ×

秋燦.

書信이란 정말 어느날 밤엔가의 1말와 같이 싱겁기 짝이
없는 것인가 봐가요.

지금 石林이 親性와 心臟이 느끼고 있는 衷情을
어찌 다치지 않게 고스란히 白紙의 힘을 빌려 서울까지
傳할수 있으리요.

石林은 끝끝내 石林으로써 죽어가라는 말인가 봅니다.

때아닌 菊花 꽃은 새로히 피어나고

年年 허물이들어가는 農家 집에는 굶어죽은 쥐의 시체....

어떠한 苦難이 우리를 몰아 부친대도

붓고 親□이나 百姓이나 迫害받는 사람들의 목숨으로 부터

背逆하여 逃避하지는 말자고.

우리 서로 마음속의 심지를 돋구어주었으면 하옵니다.

×   ×   ×   ×

開學後 새로운 滋味 많으신지요 ----?

石林의 上京은 二月 1日頃 될듯 합니다

그동안 이야기 꺼리 많이 저만 해 두십시오

秋燦의 健進을 빌며 아울러 日間 반가운 筆蹟 볼수 있을것을
바라며 秩序없는 이 글월을 매듭 짛겠나이다

만녕히 ----

1954. 1. 22.

多情한 벗 秋燦에게

北岳밑에서 石林. 拜.

수 포함되어 있어 시에 관심이 많았음을 알 수 있다. 그리고 전시연합대학에 다닐 때 구상회와 자취생활을 하면서 시나 수필을 써서 서로 보여주었다는 것을 미루어 보면 이때부터 시를 쓴 것으로 보인다. 이후 추경秋燎 인병선에게 편지뿐 아니라 시를 써서 보내기도 한다.

시 구상 장소 — 부소산과 백마강(금강)

신동엽 시인이 부소산을 자주 다닌 것은 많이 알려져 있다. 시가 탄생한 장소는 정확하게 말하면, '있을 수 없다.' 시인에게 모든 장소와 사물, 생각은 시가 될 수 있기 때문이다. 그럼에도 불구하고 자신만의 특별한 마음의 장소는 있을 것이다. 신동엽 시인에게 특별한 장소라면 백마강(금강)을 사이에 두고 부소산과 강 건너 맞은편 일대라고 생각한다.

부소산은 부여읍 북쪽에 위치한 높이 106미터의 야산으로, 백제 사비시대의 영광과 멸망을 모두 간직한 곳이다. 백제 성왕 때 웅진(현 공주)에서 사비(현 부여)로 천도하여 123년 동안 도읍지로서 중요한 역할을 한 부소산성이 위치해 있다.

이곳은 신동엽 시인이 인병선 여사와 연애시절부터 자주 다

강 건너 시 구상 장소 백마강변에서 바라본 부소산과 낙화암

닌 곳이며 병마로 인해 요양생활을 했던 곳이기도 하다. 시인
은 건강이 좋지 않아 주산농업고등학교에 사직서를 내고 폐결
핵으로 의심되어 아내와 아이를 서울 친정으로 보냈다. 홀로
병마와 싸우며 부소산에 올라 낮잠을 자고 백마강에서 고기를
잡으며 틈틈이 글을 썼다. 혼자 있는 시간은 사색의 시간이었
다. 홀로 생각할 시간이 많아지면서, 머문 장소가 시로 옮겨지
기도 한다. 훗날 그 장소들은 시에 직접 등장하기도 하고 간접
적으로 영향을 미친다.

　부소산 맞은편 강 건너는, 잘 알려지지 않은 장소로 사람도
다니지 않고 대중교통 편도 없다가 2000년대 들어서야 백제문
화제 행사장으로 사용되면서 조금씩 알려졌다. 시인의 시에 나

오는 백마강변과 백사장은 부소산과 구드래 나루터가 있는 쪽과 강 건너 규암 쪽에 있는 강변과 백사장이다. 이유는 그 시절의 교통망과 생활상을 보면 알 수 있다.

백마강白馬江은 금강의 일부로 부여 일대를 흐르는 물줄기를 따로 부르는 이름이다. 일반적으로 부여읍 정동리의 앞 범바위부터 부여읍 현북리 파진산 모퉁이까지의 약 16킬로미터 구간을 백마강이라 한다. 조선시대 인문지리서『신증동국여지승람』「부여현」에 따르면 이름의 유래는 당나라 소정방이 백마의 머리를 미끼로 하여 용을 낚았던 바위를 조룡대라 하고 강의 이름도 사하에서 백마강으로 바꾸었다는 설이 있다. 그러나 백제 말기보다 1백 60여 년 앞선 무령왕 시대의 기록에 금강을 백강白江으로 표기했고 역사적으로 말馬을 '크다'는 뜻으로 써온 것을 감안하면 백마강은 곧 '백제에서 가장 큰 강'이기에 붙여진 이름으로 보아야 할 것이다. 시 구상 장소인 산 너머 마을 이름이 지금도 백강인 점에서 과거 백강으로 불렸음을 알 수 있다.

백마강을 따라 동과 서로 나루터 몇 곳이 있다. 부여 방면으로는 현재에도 사용되고 있는 구드래 나루터와 지금은 없어진 규암 나루와 황산 나루터가 있다. 지금은 부소산 고란사 앞에도 관광배가 드나드는 선착장이 있다. 규암 방면으로는 수북정 아래 황포돛배가 다니는 규암나루가 있고 지금은 없어진 호암나루가 있다.

시인은 구드래 나루터에서 배를 타고 호암나루에 가거나 부여 쪽 규암나루에서 강을 건너 규암장터를 구경했을 것이다. 또한 시인은 강을 따라 한참을 걸어 세도에 있는 황산나루에서 황포돛배를 타고 강경을 거쳐 전주사범학교에 갔다. 1970년대 백제교 교량이 건설되기 전까지 배는 동·서를 이어주는 교통수단이었고 전라도 지방으로 가는 빠른 방법이었다. 배다리 또한 중요한 다리 역할로 지역민이 많이 이용하였다. 배와 배다리를 통한 왕래는 동쪽과 서쪽의 백마강변을 모두 가볼 수 있게 하였다. 백마강변을 따라 이루어진 모래사장 특히 호암리의 모래사장과 갈대밭에서 뛰어 놀아본 부여 사람은 궁핍한 시절을 보냈어도 가슴 속 아련한 추억 하나씩은 가지고 있다 한다. 그만큼 호암나루와 규암나루 사이 백사장은 유명한 곳이었다.

호암나루와 규암나루 사이 길을 걸으며 백사장에서 돌팔매질도 했을 것이고 부소산을 바라보며 멸망한 백제를 떠올렸을 것이다. 쉬지 않고 흐르는 강을 바라보며 권력은 유한하지만 강은 유구하다는 것도 알았을 것이다. 금강은 부드럽고 평화롭게 흐르지만 나라의 멸망도 보았고 민중의 억울한 죽음도 간직한 곳이다. 시인은 정신을 남기는 영원한 강에서, 원수성의 세

계로 돌아가고자 하는 귀수성의 세계관이 깃든 곳에서 사색을
즐겼을 것이다. 여러 편의 시가 이곳 백마강 언저리에서 구상
되고 탄생하지 않았을까.

　부소산과 낙화암 맞은편 강 건너 일대는 시인의 등단작 「이
야기하는 쟁기꾼의 대지」와 서사시 「금강」을 비롯하여 여러 시
편들이 구상된 장소라고 할 수 있다.

부소산에서 백마강을 바라보고 있는 신동엽과 인병선

백마강과 이야기하는 쟁기꾼의 대지

신동엽이 금강과 밀접한 관계를 맺은 것은 그의 태생과 관계가 깊다. 시인은 충청남도 부여군 부여읍 동남리 294번지에서 태어났다. 궁남지 사거리에서 궁남지 방향으로 두 블록 정도 들어간 곳에서 몇 년을 살다가 이후 현재 신동엽문학관이 있는 동남리 501-3번지로 이사하여 소년기와 청년기를 보내고 신혼살림을 차렸다. 백마강은 시인의 집에서 2킬로미터 남짓 떨어진 곳에 있으며 그 당시 주민들에게 강은 동·서를 잇는 교통로였고 강경을 거쳐 전라도를 가는 빠른 길이었다. 뿐만 아니라 백마강은 농업용수로서 장암을 비롯하여 인근 넓은 논과 밭에 물을 대었다. 맑은 강물과 호암리 하얀 모래사장은 인근에서 여가를 즐기기 위해 오는 장소였다.

시인에게 한글을 배운 동창 김창예에 따르면 당시 백마강은 아이들의 놀이터였으며 여름에는 어른, 아이 할 것 없이 강물에서 더위를 식혔다고 한다.

부여는 백마강을 끼고 평야가 넓게 펼쳐져 있어 벼농사를 많이 짓는다. 전승되는 농요로 〈긴모심기소리〉, 〈자진모심기소리〉, 〈긴김매기소리〉, 〈자진김매기소리〉, 〈타작소리〉, 〈벼부치는소리〉 등 여러 곡이 있다. 대표적인 모심기소리는 〈산유화가〉다.

산유화야 산유화야

이런 말이 웬말이냐

용머리를 생각하면

구룡포에 버렸으니

슬프구나 어화벗님

구국충성 다 못했네

(…중략…)

산유화야 산유화야

사비강 맑은 물에

고기 잡는 어옹들아

온갖 고기 다잡아도

경칠랑은 낚지 마소

강산 풍경 좋을시고

에헤 에헤야 헤헤

에헤 에여루 상사뒤요

— 〈산유화가〉 부분(이소라, 『부여의 민요』, 부여문화원, 1992)

이 노래는 농민들의 생활 감정을 두루 보여주고 있을 뿐 아니라 노랫말에 백제 패망의 비애를 절실히 담고 있다. 백마강의 경치를 멋스럽게 노래하면서 백제 역사를 회고적으로 읊고 있는 민요다. 〈사비강〉은 백마강을 일컬으며 〈산유화가〉는 모를 심을 때 들판에 울려 퍼지던 노래다. 신동엽은 역사성과 향토성이 반영되어 있는 노래를 들었을 것이며 이후 등단작 「이야기하는 쟁기꾼의 대지」 구상에 영향을 받았을 것이다.

시인은 백제를 넘어 태고의 원시적인 풍경을 상상하고 대지와 쟁기꾼에 주목한다.

당신의 입술에선 쓰디쓴 풀맛 샘솟더군요. 잊지 못하겠어요.

몸양은 단 먹뱀처럼 애절하구, 참 즐거웠어요. 여름날이었죠.

꽃이 핀 고원을 난 지나고 있었어요. 무성한 풀섶에서 소와 노닐다가, 당신은 가슴으로 날 불렀죠.

바다 언덕으로 나가고 싶어요.

밤하늘은 참 좋네요. 지금 지구는 여행을 한다나요?

관좌성운(冠座星雲) 좀 보세요. 얼마나 먼 세상일까요……

그중 넓은 세상은 어떻게 생겼을까요. 그럼 그의 바깥엔 다시 또 딴 마당이 없는 것일까요?

자, 손을 주세요. 밤이 깊었어요.

먼저 쉬세요. 못 잊으려나봐요. 우리가 포옹턴

하늘에 솟은 바위, 그 밑에 깔린 구름,

불달은 바위 위에서 웃으며 잠들던 아무것도 걸치지 않았던 당

신의 붉은 몸.

언제든 필요되거든 조용히 시작되는 그 서무곡(序舞曲)으로 백

학(白鶴)의 대원(大圓) 휘파람 하세요. 돌아가 묻히겠어요. 양달진

당신의 꽃가슴으로. 아마 운명인가 봐요.

그럼 안녕히.

—「이야기하는 쟁기꾼의 대지」 중 서화(序話) 부분

(강형철·김윤태 편, 『신동엽 시전집』, 창비, 2013, 이하 전집명만 표기)

「이야기하는 쟁기꾼의 대지」는 서화, 제1~6화, 후화로 되어
있다. 신동엽의 등단작으로 1959년에 발표되었는데, 시인의 노
트를 보면 1956년에 이미 완성되어 있음을 알 수 있다. 시인의
시정신인 전경인全耕人이 드러나 있는 시로 등단 전에 이미 자신
만의 사상을 확립하고 있음을 볼 수 있다. 시인이 말하는 원수
성, 차수성, 귀수성에서 서화는 원수성의 세계를 보여준다. 여

성 화자를 내세워 문명의 손때가 묻지 않은 순수한 원시적 이미지를 그린다. 대지는 여성이고 쟁기꾼은 귀수성의 상태에 이르게 하는 사람 즉 전경인이다. 신동엽문학관 김형수 관장에 의하면 '신동엽판 에덴동산 풍경'이다.

강을 따라 이어진 드넓은 벌판을 보고 자란 시인이 구현하고자 한 세계는 폭약과 침략, 문명이 훼손하는 그런 세상이 아니다. 순수함이 간직된 세계다. 갈아엎어 다시 씨를 뿌리는 쟁기꾼이 이루는 세계다. 백마강변에서 하염없이 바라본 풍경이 사색을 통해 이룬 세계다.

「금강」과 금강

서사시 「금강」은 1951년 구상회와 함께 한 고적 답사와 갑오농민전쟁의 전적지를 찾아다니며 관련 자료를 모은 것이 토대가 된다. 시인이 가진 역사 의식과 사색의 결과로 나온 결과물이다. 「금강」 줄거리를 간략하게 말하면 다음과 같다.

한쪽 발을 저는 신하늬는 태어남이 기이하다. 김진사 댁 머슴 돌쇠를 거쳐 조趙 할머니 손에서 자란다. 스물다섯에 만난 여자는 김진사의 악행으로 깨지고 후에 진아를 만난다. 동학교도인 전봉준은 조병갑의 학정으로 아버지를 잃고 혁명을 준비한다. 동학혁명의 전개에 따라 신하늬와 전봉준의 만남과 헤어짐은 이어지지만 결국 혁명이 실패로 끝난다. 따라서 신하늬는 진아를 다시 만나지 못하고 죽음에 이르고 전봉준도 체포되어 형장의 이슬로 사라진다. 진아는 아들을 낳아 신하늬가 지어준 하늬라는 이름과 함께 은방울을 달아준다.

"이상하군요, 어젯밤 나는
삼청동 객사집에 묵으면서
꿈을 꿨소

나라 위 자욱이
안개가 덮여 있더군.
고구려성의 왕관을 주웠어요
휘황찬란한.

금강산에서 내려왔다는
흰말이 내 앞에 무릎 꿇더군.
그래 신발 대신 왕관을 신었는데

한쪽 발에 신을 신이 없어

걱정하다 잠을 깼소."

"저도 꿈을 꿨어요

백제 땅 금강이래요.

목욕하고 나오다

모래밭에서

사슴의 뿔을 얻었어요.

그 사슴의 뿔이 갑자기

용이 되어 하늘로 꿈틀거리며

오르더군요

선생님, 저는 지금

도망가는 몸이에요.

고향도 안되고

어디 가면?"

―「금강」 본화 제11장 부분(『신동엽 시전집』)

위 시는 신하늬와 인진아가 만나 대화를 나누는 장면 일부이다. 궁에서 도망 나온 인진아가 여러 일을 겪다가 신하늬를 만난다. 신하늬는 이마의 점을 보고 '하늘의 그늘'이라며 언제 생겼는지 묻고 "어디서 와서 어디로 가는가" 말해 달라는 인진아. 서로의 꿈 얘기를 하면서 인연을 직감한다. '고구려의 밭'과 '백제의 씨', 신동엽과 인병선의 이야기다. 고구려의 왕관을 줍고 백제 사슴의 뿔을 얻는다. 금강산에서 내려온 흰말이 무릎 꿇고 금강 모래밭에서 얻은 사슴의 뿔이 용이 된다. 꿈으로 비틀었지만 역사의 순환을 보여준다. 금강의 모래밭에서 호암리의 모래사장이 연상된다. 신동엽은 부소산에서 호암리 백사장을 자주 보았고 가끔은 백사장을 걸었기에 금강 모래밭 하면 호암리 백사장이 떠올랐을 것이다. 진아는 백제 땅 모래밭에서 사슴의 뿔을 얻고 그 뿔은 용이 되어 하늘에 오른다. 지금은 사라진 백사장이지만 그 시절 호암리 모래사장은 용이 하늘로 오르기에 충분히 가능한 풍경이다.

강은 역사성을 가지고 있다. 역사의 태동은 강에서 시작한다. 강은 삶의 터전이고 정신을 지배하며 흐르는 생명의 젖줄이다. 역사는 흐르고 독재자나 위정자의 권력도 흘러가고 사라지지만 강은 옛날이나 지금이나 큰 차이가 없다. 권력은 유한

하지만 강은 유구하다. 신동엽 시인의 역사 인식은 금강을 통해 넓고 크게 순환하며 흐른다.

하늘을 보았죠? 푸른 얼굴.

영원의 강은

쉬지 않고 흐르고 있었어.

우리들의 발밑에,

너와 나의 가슴 속에.

우리들은 보았어, 영원한 하늘,

우리들은 만졌어, 영원의 강물, 그리고 쪼갰어,

돌 속의 사랑, 돌 속의 하늘.

우리들은 이겼어.

— 「금강」 본화 제22장 부분(『신동엽 시전집』)

백제,

옛부터 이곳은 모여

썩는 곳,

망하고, 대신

거름을 남기는 곳

금강,

옛부터 이곳은 모여

썩는 곳,

망하고, 대신

정신을 남기는 곳

— 「금강」 본화 제23장 부분(『신동엽 시전집』)

금강은 전라북도 장수군에서 발원하여 충청남북도를 거쳐
군산만으로 흘러 서해로 가는 강이다. 남한에서 낙동강, 한강에
이어 세 번째로 큰 강으로 생활용수와 농업용수, 공업용수 등 다
목적으로 이용되고 있다. 강 유역은 백제의 심장부에 해당하는
공주와 부여를 가로지른다. 백제의 역사를 간직하고 있으며 동
학혁명 때 동학농민군과 관군 사이에 가장 치열하게 전투가 벌
어진 우금치도 먼발치에서 보았다. 금강은 하나의 시간이고 공
간이며 역사다. 쉬지 않고 흘러 역사를 증언한다. "영원의 강"이
기 때문이다. 그 옛날 백제가 나·당 연합군에 패해 나라를 잃는
과정을 지켜보았다. 배꼽 내놓고 아랫배 긁는 코흘리개 꼬마도

보았고 낯선 소녀가 꽃을 들고 서 있는 것도 보았다. 백성들을 괴롭히고 착취하는 관리를 보았고 사회의 모순된 구조 속에서 궁핍함에 몸부림치는 민중을 보았다. 금강은 썩고 망할지라도 정신을 남기는 곳이다. 동학혁명가들이 모였다 흩어졌다 다시 모여 가슴에 묻은 역사, 즉 동학혁명의 정신이 살아있는 곳이 금강이다. 유유히 흐르는 금강을 보며 신동엽은 위정자와 독재자에게 권력의 유한성을 상기시키고 민중의 존재를 각인시킨다. 올바른 역사 인식은 강을 통해 전달된다. 순환적 역사 인식 속에서 제대로 된 현실 인식을 갖기를 바라는 의지가 담겨 있다.

그리고

부여에는 소나무가 많다. 우리나라는 어디에 가든 소나무가 많지만 유독 부여에는 많다. 부여 읍내에 있는 대표적 산인 부소산에는 80%가 소나무라고 한다. 궁남지 부근, 성왕로 등은 가로수로 소나무가 조성되어 있다. 부여군 상징나무가 은행나무로 지정되어 있지만 은행나무보다 많은 것이 소나무다. 정확한 근거 자료는 찾을 수 없지만 그 동네 어른들은 "소나무가 많아 부여야, 소나무가 많아 부소산이야"라고 말했다 한다.

시인은 소나무가 많은 부소산에 올라 흐르는 강물을 보고 하얀 백사장과 멀리 드넓은 평야를 보았을 것이다. 낙화암 위 백화정에 누워 역사 속으로 잠시 갔다 오기도 하고 삶과 죽음에 대해 생각했을 것이다. 때론 배를 타고 건너편으로 가서 백제의 멸망을 간직하고 있는 낙화암을 하염없이 바라보았을 것이다. 어느 날은 문학동인 '야화' 문우들과 시를 읽고 토론도 했을 것이다. 가끔은 모래사장이 예쁜 강변 일대를 걷고 걸었을 것이다. 갈대에 이는 작은 바람소리를 들으며, 미루나무의 큰 바람소리를 들으며 시를 구상하고 훗날 대서사시로 탄생할 밀알을 싹 틔웠을 것이다.

부소산 가는 길은 도보와 배 두 가지 방법이 있다. 도보로 가는 길은 성왕로터리에서 관북리 유적지를 지나 부소산 입구로 조성된 길을 따라 가면 된다. 배로 가는 방법은 구드래 나루터 선착장에서 배를 타고 10분 정도 가면 고란사 선착장에 도착한다. 고란사 선착장은 고란사, 백화정, 낙화암 등을 쉽고 빠르게 갈 수 있도록 관광 차원에서 현대에 조성되었다. 신동엽 시인이 부소산에 다닐 당시에는 배가 없어, 시인은 도보로 산을 오르내리며 구석구석 다녔다.

부소산의 낙화암 맞은편 시 구상 장소인 강변 일대는 정확한

낙화암 맞은편 강변일대 신작로(좌)와 백마강변에 서 있는 미루나무(우)

지명이 없다. 네비게이션에도 찍을 지역명이 없다. 근처에 있는 왕흥사지터 방향으로 가야 한다. 부여에서 규암으로 백제교를 건너 근처에 있는 왕흥사지터 방향으로 가다가 백제문화제 등 큰 행사를 할 때 행사장으로 사용되는 넓은 공터 쪽으로 가면 강변일대가 보인다.

강변일대에는 60년대 신작로가 남아 있다. 낙화암 맞은편 물 위에 떠 있듯 홀로 있는 부산浮山을 돌아 왕흥사지터 방향 행사 장을 지나가면 옛날 풍경이 그대로 남아 있는 비포장도로가 나 온다. 백마강변 옆 도로다. 부여에는 과거 성냥공장이 있어 미루 나무가 많았는데 그때를 떠올리듯 몇 그루 미루나무가 있는 신작로다. 가로등도 전봇대도 없어 걷다보면 타임머신을 타고 과거로 여행하는 느낌이다. 넓은 공터를 걷고 갈대밭 바람을 맞으며 걷고 또 걸으며 시인은 서사시「금강」을 구상했을 것이다.

덧붙여 ─ 부여초등학교 시비와 이화양장점

신동엽의 부여시절에서 꼭 들어가야 할 중요한 부분인 것 같아 몇 자 덧붙인다. 시인이 다닌 부여초등학교와 부인 인병선 여사가 잠깐 운영했던 이화양장점이다.

시인은 1938년 부여초등학교(부여공립진조소학교)에 입학했다. 부여초는 1911년에 부여공립보통학교로 개교하였다. 1938년 4월 1일 부여공립심상소학교로, 1941년 4월 1일 부여부소공립국민학교로 각각 교명이 변경되었다. 신동엽의 부여부소공립학교 생활은 성적표(통신부)와 동창의 증언으로 모범생임을 알 수 있다. 동창 김창예는 너무 오래되어 학교생활에 대한 기억은 별로 없지만 같은 반이 아니었어도 공부 잘하는 반장이었다고 기억한다. 또한 신동엽의 성적표가 1학년부터 6학년까지 모두 보관되어 있는데 신동엽은 2학년 때부터 늘 상위권을 차지했다. 2학년 때 반장, 4학년 2학기 때 반장, 5학년 1학기 때 부반장이었다. 성적표를 보면 병으로 결석했다고 기록된 날이 많은 것으로 볼 때 어릴 적부터 건강하지 않았던 것 같다.

부여초는 변함없이 그 자리를 지키고 있다. 90여 평생을 부여에서 거주한 이규찬옹에 따르면 건물은 몇 차례 다시 지어지고 변화가 많이 있었지만 위치는 그대로라고 한다. 그때의 모습은 남아있지 않지만 시인의 시비가 남아 부여와 백제, 금강을 되새기고 있다.

백제,
천오백년, 별로
오랜 세월이
아니다.

우리 할아버지가
그 할아버지를 생각하듯
몇 번 안 가서
백제는
우리 엊그제, *그끄*제에
있다.

진달래

부소산(扶蘇山) 낙화암

이끼 묻은 바위 서리 핀

진달래,

너의 얼굴에서

사랑을 읽었다.

—「금강」 본화 제5장 부분((『신동엽 시전집』)

신동엽의 시비는 현재 다섯 곳에 있다. 그중 부여초에 있는 시비는 세 번째로 1999년에 세워졌으며, 시비에는 「금강」 본화 제5장 중 일부가 새겨져 후배들에게 그의 시 정신을 남긴다.

인병선 여사가 부여에서 직접 운영한 이화양장점을 잠깐 소개한다. 신동엽 시인이 인병선 여사와 만난 것은 1953년 가을에 돈암동 헌책방에서였다. 그 뒤 1956년 부여에서 혼례를 올린다. 아직 확실한 직장이 없던 신동엽이었기에 인병선 여사는 결혼 초부터 먹고살 궁리를 하다가 '이화양장점'을 차린다. 양장점은 몇 개월만 운영한 것으로 알려져 있다. 1957년 맏딸 정섭이 태어나고 구직활동을 통해 1958년 6월에 충남 보령에 있

현재 부여초등학교의 모습과
1941년 4학년 2학기 반장임명장 및 통지표

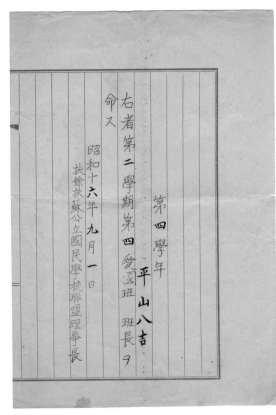

이 세상에 나온 것들의 고향을 생각했다

第二八號

修業證書　在學證明書

昭和　年　月　日生

右者國民學校第四學年ノ課
程ヲ修了セシコトヲ證ス

昭和十七年三月

忠清南道
扶餘扶蘇公立國民學校長

平山八吉

第二八號

右者本日マデ本校第　學年
ニ在學セシコトヲ證ス

昭和　年　月　日

忠清南道
扶餘扶蘇公立國民學校長

昭和十六年度

通信簿

扶餘扶蘇公立國民學校

第四學年

平山八吉

◎國民學校教育ノ本旨
國民學校ハ皇國ノ道ニ則リテ初
等普通教育ヲ施シ國民ノ基礎的
錬成ヲ爲スヲ以テ目的トス

◎皇國臣民ノ誓詞
一　私共ハ大日本帝國ノ臣民デ
　　アリマス
二　私共ハ心ヲ合ハセテ天皇陛
　　下ニ忠義ヲ盡シマス
三　私共ハ忍苦鍛錬シテ立派ナ
　　強イ國民トナリマス

校訓
校訓　規律　勤勞　親愛　至誠

◎祝祭日
四方拜　　一月一日
元始祭　　一月三日
新年宴會　一月五日
孝明天皇祭　一月三十日
紀元節　　二月十一日
春季皇靈祭　三月廿一日
神武天皇祭　四月三日
天長節　　四月廿九日
秋季皇靈祭　九月廿四日
神嘗祭　　十月十七日
明治節　　十一月三日
新嘗祭　　十一月廿三日
大正天皇祭　十二月廿五日
陸軍記念日　三月十日
海軍記念日　五月廿七日
始政記念日　六月十七日
勤農記念日　六月十四日
開校記念日　九月一日
教育勅語御下付記念日　十月卅日
敏親記念日
御大典記念日　十一月十日
滿洲事變記念日　九月十八日
支那事變記念日　七月七日

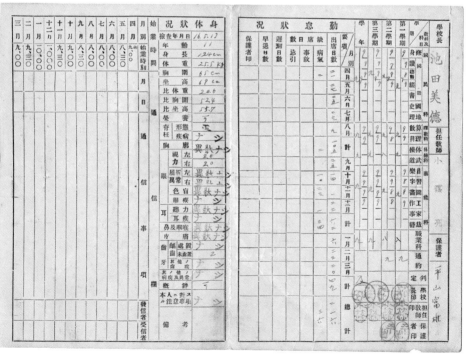

身体状况

月別	始業時間	
四月	八、三〇	
五月	八、〇〇	
六月	八、〇〇	
七月	八、〇〇	
八月	九、三〇	
九月	八、〇〇	
十月	九、〇〇	
十一月	九、〇〇	
十二月	一〇、〇〇	
一月	一〇、〇〇	
二月	九、三〇	
三月	九、〇〇	

檢査年月日　16.5.13
年齡　11
身長　124cm
體重　25.5kg
胸圍　65cm
坐高　69cm
比體重　20.6
比胸圍　52.4
比坐高　55.7

形態　異常
胸廓
視力　左　右
眼　色覺
耳　聽力　左　右
鼻
皮膚
齒牙
其他ノ疾病及異常
本人ニ對スル注意事項
備考

勤怠状况

學年	第一學期	第二學期	第三學期
要項　月別	四月　五月　六月　七月　八月　計	九月　十月　十一月　十二月　計	一月　二月　三月　計
出席日數			
缺席日數			
事故			
病氣			
忌引			
遲刻日數			
早退日數			
保護者印			

學校長

池田美德

擔任敎師　小篠　亮

保護者　平山常祉

敎科及科目
國民科　修身　國語　國史　地理　算數
理科
體鍊科　體操　武道
藝能科　音樂　習字　圖畫　工作　家事
職業科
通約　定　判　郡視學印　學校長擔任敎師印　保護者印

昭和十六年度

通信事項
通信　月日　通信事項　發信者受信者

백마강가　103

이화양장점 자리로 추정되는 현 백마약국

는 주산농업고등학교 교사로 가게 되었기 때문이다.

이화양장점의 위치는 애석하게도 정확하게 장소를 특정할 수가 없다. 이유는 세월이 흐르는 동안 부여읍내의 지형이 바뀌어서 흔적이 없어졌기에 대충 어디쯤이라고만 지정할 수 있다. 인병선 여사가 몇 년 전에 알려준 곳은 부여터미널에서 도로를 건너 부여 중앙시장 방향(현 중앙통 이색창조의 거리, 옛 구시장) 사거리에서 궁남지 쪽을 향하여 오른쪽 부근 현 백마약국 자리이다. 그때의 건물도 없고 도로도 바뀌어서 정확한 위치를 찾을 수가 없어 여사님도 매우 안타까워하셨다고 한다.

시인이 걸었고 놀았던 장소, 시인이 상상한 장소, 모두 시를 구상한 장소가 될 것이다. 잘 알려진 곳도 있지만 잘 알려지지 않은 낙화암 맞은편 백마강변 일대를 소개하고 싶었다. 덜 알려진 곳이라 사색을 즐기기에는 더없이 좋은 장소다. 부여에 간다면 시인이 시를 구상했을 태자리를 걸으며 전경인의 자세로 백제 정신을 느껴보길 희망해본다. 신동엽문학관 홈페이지 대문에 쓰여 있듯 그는 추모되는 기억이 아니라 살아 격돌하는 현재이다. (이지호)

공주 우금치, 부여 곰나라[*]

사랑과 혁명의 시인, 신동엽 「산에 언덕에」

내 일생을 시로 장식해 봤으면,

내 일생을 사랑으로 채워 봤으면,

내 일생을 혁명으로 불질러 봤으면,

세월은 흐른다. 그렇다고 서둘고 싶진 않다.

— 신동엽, 「서둘고 싶지 않다」(1962)

슬픈 전설이 묻혀 있어 그럴까.

산세가 부드러운 공주와 부여에는 정적인 느낌이 든다. 왠지
정답고 바람 속에도 사람 목소리가 묻어 있다. 조용하고 살 만
한 땅이다. 동행했던 누군가가 바람처럼 흘려 말했다.

• • •

이 글은 필자가 1991년 신동엽 문학기행을 했을 때 썼던 글이다. 지금은 돌아가셨지만
당시 신동엽 시인과 함께 지냈던 분들의 증언이 실명으로 나와 그대로 살려 싣기로 했다.

"다음에 태어나면 여기서 살고 싶군그래."

완만한 산처럼 나직하게 말하는 사람들이 사는 백제의 땅 공주와 부여. 고대의 유물이 생생하게 남아 있는 신화의 땅이다. 그렇지만 유물에 담긴 신화의 내용이 그리 즐겁지만은 않다. 유물뿐만 아니라 공기나 바람, 아니 사람들의 말씨와 눈빛에도 고즈넉한 이야기가 녹아 있다.

이 여행길을 함께 떠나는 여러 시인들, 소설가들은 공주 쪽으로 가면 갈수록 모두 고대의 깊은 늪 속에 소리 없이 빠져들고 있는 듯, 고즈넉한 분위기들이다.

황톳길 양 켠에 소나무와 아까시 숲이 무성한 공주산성은 조용하고 아늑하다. 무슨 잡목이 저리 많은지, 무슨 멧새가 이리 많은지. 공주산성 뒤꼍에 있는 만하루挽河樓에 가면 마치 남미의 잉카제국에서나 볼법한 엄청난 연못 같은 유적이 있다. 저수지도 아니고 제사터도 아니고, 대체 무슨 못터일까. 신비롭기만 하다.

원래 밭터였는데 공주사범대 학생들이 발굴했다고 한다. 못터가 있는 언덕 쪽은 고대의 풍취가 그대로 간직돼 있는 반면, 강 건너엔 고층아파트가 즐비하다. 강 하나를 사이에 두고 현대와 고대가 대비되어 있는 야릇한 풍경이다.

"산성 안 집터에 옛 백제촌을 만들려 했지만 예산이 없어서

만하루 곁 밭터에서 발굴된 깊이 15미터 정도의 못터. 저수지는 아닐 테고 인신제(人身祭)를 지낸
못이 아닐까 추측은 하지만, 아직까지 신비에 싸여 있는 수수께끼 못이다.

아직 만들지 못하고 있다죠. 참, 재미있는 얘기도 있는데, 인절미 아시죠? 인조대왕 인 씨네가 떡을 해바쳐서 '인절미'라는 말이 여기서 나왔다죠."

공주 문화재관리위원 조재훈 시인(공주사대 국문과 교수)이 눈웃음 지으며 말했다. 충청도 시인들의 대부라고 불리기도 하는 조 시인은 계룡산 발굴단장이어서 많은 얘기를 들려주었다. 마침 공주산성에서 내려온 일행의 버스가 계룡산을 스쳐 지나가는 참에 계룡산에 대해 들을 수 있었다.

"계룡산은 도道와 연결된 '신의 산'입니다. 노을 질 무렵에 계룡산 등줄기를 옆에서 보면 꼭 닭벼슬 같습니다. 그래서 '계鷄'이고 그 닭벼슬이 용처럼 승천한다 해서 '룡龍'이고, 합쳐서 계룡산인 겁니다."

꽤 재미있는 얘기다. '닭'은 서민에게 먹거리를 제공하는 새요, 새벽을 가르는 여명의 새로 표현되기도 한다. 이육사 「광야」라는 시에서 "어디 닭 우는 소리 들렸으랴"라는 표현처럼. 그리고 '계화룡鷄化龍'이라는 말마따나 '언젠가는 닭이 용이 된다'는 민중의 꿈이 담긴 민중사관의 옛말도 있지 않은가.

"『택리지』에 보면 마니산에서부터 시작된다는 계룡산은 자기가 돌아온 쪽을 되돌아봅니다. 회룡고조回龍顧祖하는 산이죠.

그리고 계룡산을 중심으로 하는 『정감록』은 단순한 도참사상이 아니라 역사는 전진하고 권력이 바뀌면서 생성한다는 진보적인 역사철학이 담겨 있습니다. 그 『정감록』의 유토피아적 사상이 계룡산과 연결되기도 하죠.”

이곳 사람들은 계룡산을 한국의 중심으로 보고 나아가 세계의 중심으로도 본다. 사람의 신체로 보면 ‘위’에 해당하는 위치라나. 그래서 계룡산 신도 안에는 일제시대 때 일제가 들어가지도 못했고, 전쟁 후 미군부대가 세워졌다가도 미군 한 명이 호랑이에 물려 미군기지가 철수했다는 얘기도 있다. 그러나 계룡산 신화는 아직도 꽃피지 않았다.

곰나루에 아우성만 남고

“곰나루는 평민들의 삶터였던 나루텁니다. 6·25 때도 공주 사람들이 하얀 도포를 입고 곰나루로 피난 가 살았지요. 거기서 모두들 흰옷을 입고 있으면 미군들이 폭격을 하지 않을 거라는 생각이었고. 일종의 민간신앙이죠.”

강물이 공주에서 부여 쪽으로 휘도는 곳. 신동엽의 시 「금강」과 「껍데기는 가라」 때문에 유명해졌다는 곰나루. 금강은 상류에서부터 여러 이름으로 기록돼 불렸으며, 공주에 이르면 웅진강熊津江으로 불렸다고 한다. 곰나루란 바로 웅진강의 나루 터란 뜻이다.

백제시대 때는 당나라 군사들이 곰나루를 따라 들어오기도 했다. 한국전쟁 당시 피난 내려올 때도 곰나루를 통해 내려왔다고 한다. 또한 이곳은 1950년대 말까지만 하더라도 도포 입고 갓을 쓴 사람들이 북적거렸단다. 그래서인지 여기엔 숱하게 많은 민초들의 이야기가 숨어 있다.

곰나루 언덕을 따라 서 있는 배나무 과수원 끝에는 '곰나루 사당'이 지어져 있는데, 그 내력을 들어볼 것 같으면 무척 재미 있다. 그러니까 아주 오래된 옛 민담이다. 곰나루 맞은편 산을 연미산이라고 하는데, 바로 그 산자락 밑에 곰 굴이 하나 있었단다. 그 굴에 암곰 한 마리가 살았다고 한다. 그 암곰이 연미산 으로 나무하러 온 나무꾼을 끌어다가 연분을 맺고 아이 둘을 낳았다. 그러던 어느 날 인간세계를 그리워한 나무꾼이 곰나루 를 건너 도망쳤다. 그 뒤 사내를 그리워하며 이 강 언덕에서 처 량하게 눈물을 떨구던 곰이 마침내는 아기를 강에 버리고 자기 도 강에 빠져 죽었다는 구슬픈 얘기다. 이후에 풍랑이 잦고 배 를 타면 사건이 많아 그 암곰을 위로하기 위해 웅신熊神을 모신

'곰나루 사당'을 지었더니 물이 잔잔해졌다고 한다.

지금도 연미산 밑동에는 비를 피할 수 있는 굴 하나가 있을 거라고 한다. 그런데 금강의 수면이 높아져 물에 잠겼다는 말도 있다.

"물론 비슷비슷한 전설이 많기는 한데, 이 얘기는 아마 삼국시대 이전에 만들어진 얘기 같아요. 마한시대 때 만들어진 전설이 아닌가 싶은데, 전혀 기록이 없는 완전한 구전입니다. 또 나무꾼과 곰의 관계는 백제의 지배족과 마한의 토착족과의 관계를 상징하는 얘기가 아니었나 짐작해 보기도 하죠"라고 조재훈 시인은 말한다.

우리의 여러 민담에도 곰은 우리 민족의 모성을 상징하기도 했거니와, 역사적으로도 곰나루는 중요한 의미를 갖고 있다. 공주를 옛날엔 웅진이라 했는데, 그것은 바로 곰을 뜻하는 '웅熊'과 나루를 뜻하는 '진津'의 합성어인 것이다. 바로, 공주라는 도시는 '곰나루'를 중심으로 사람이 모여 살기 시작하면서 형성된 도시가 아닌가 하는 추측이 가능해진다. 그러나 이런 정보에 잔뜩 기대를 품고 곰나루에 가면 곧 실망할 것이다.

몇 년 전에 나는 이곳을 다녀간 적이 있다. 그때는 아무것도 없었다. 곰나루 맞은편 연미산 허리에는 일제가 만든 신작로가 걸쳐져 있고, 강물을 따라 잡초와 잔디, 모래밭이 펼쳐져 있고, '곰나루'라고 쓰인 버스 정류장 표지판만 기우뚱 서 있을 뿐이었다.

1991년, 저쪽 연미산 허리께에 또 다른 아스팔트 도로가 만들어지고 있어 경관을 해치고 있다. 뿐만 아니라 '곰나루 관광단지'를 개발하려는 움직임이 부산하다. 땅을 뒤엎고 산을 허물어 호텔을 짓고 위락단지를 조성한단다. 1987년 국민관광지로 지정이 된 곰나루국민관광단지는 산책로, 야외음악당, 수영장, 체육기구 등이 조성되어 2020년 현재 시민을 위한 행사가 자주 열리고 있다.

우금치 산마루에

16만 채의 초가집이 나·당 연합군에게 기습을 당해 불살라진 터, 무려 2만이나 되는 유민들이 백마강을 통해 당나라로 잡혀갔던 땅, 그 가족들이 잡혀가면서 울부짖던 그 울음. 부여 출신의 소설가 김중태 선생은 말한다.

"백제가 망한 데에는 명분이 신라에 있지만, 실제로는 당나라에 의해 초토화된 거죠. 지금 생각하면 우습기 짝이 없죠. 다른 나라 백성들을 데려다가 동족들을 이토록 처참하게 초토화시킬 수가 있습니까? 한국전 때 다른 나라를 데려다가 초토화시킨 사실과 별반 다를 바 없죠.”

비단 한국전쟁까지 올라가지 않더라도, 우금치에만 가도 백제의 한은 아직도 풀리지 않은 느낌이다.

우금치 길. 공주에서 부여로 넘어가는 길에 우금치라는 좁은 고갯길이 있다. 낮에는 흰옷 입은 사람들이 모여 흰뱀이 되고, 밤에는 횃불 든 사람이 모이면 꽃뱀이 되어 논산에서 우금치까지 기나긴 구렁이처럼 꿈틀꿈틀 움직이던 길, 지금은 2차선 아스팔트 도로가 나 있다. 하지만 이 길은 흰옷 입은 동학군들이 죽어 산을 이루던 고갯길이다. 영화 〈개벽〉에서 일본군의 기관총에 사람들이 쓰러지는 피비린내 짙은 장면이 나오는데, 촬영은 딴 데서 했겠지만 그것이 바로 여기서 벌어졌던 장면이다.

“근처 골짜기에 아직도 남아 있는 많은 숲길들과 공터가 당시 전략적인 길목이었죠. 그 길을 따라서 탐사를 하고 지표 조사를 해야 하는데.”

동학혁명군 위령탑 앞에서 조재훈 선생이 한 말이다.

이 기념탑은 박정희 전 대통령의 명으로 지었는데 우습게도 비문에는 대통령 박 아무개라는 글씨가 누가 그랬는지 흉측하게 쪼아져 있었다. 누가 역사의 썩은 부위를 도려내려 했을까.

우금치 옆에는 '송장개미'란 이름의 논배미가 있다. 소가죽을 갖고 다니면서 주먹밥을 지어 먹었다던 동학농민군이 많이 쓰러져 죽어 있었다는 터란다.

"콩밭을 매다 보면 호미에 사람 뼈가 자주 걸려유. 여직두 여기저기서 일본군의 왜총 탄피가 수두룩하게 발견된다니께……, 쯧쯧."

이곳에서 콩 농사를 짓는다는 한 노인(75세)의 말이다.

여기뿐만 아니라 당시 공주 땅에는 동학농민들의 송장이 가을날 낙엽처럼 펼쳐져 있었다고 한다. 게다가 이곳은 한국전쟁 때 인민군과 국방군 그리고 미군들의 격전지이기도 했다고 한다. 얼핏, "우금치 산마루에 통곡소리 들리고"라는 노래 〈부활하는 산하〉(이성지 작사·작곡, 1985)가 귀에 돋는다.

농촌이 무너지믄

"우리 동네는 예순다섯 살 이하가 삼 분지 일도 안 돼유. 여기저기 공장이 오니께, 젊은 것들은 다 갔지유. 젊은 놈덜 한 달 일하믄 여덟 마지기 가지구 일 년 일한 거보단 난데 뭣하러 농사 짓것슈. 제초 작업하는 데 두 젊은이덜이 필요한데 클났슈. 힘들어 죽겠슈."

예산군 삽교읍에 산다는 강 아무개 씨(61세)는 담배 연기를 길게 내뱉었다.

농사 짓는 터전 여기저기 사람이 없어 버려진 땅이 수북하다. 빈집이 폐가가 된 채 을씨년스레 놓여 있다. 인건비 때문에 땅을 버리고 산너머 공장에 나가는 실정이란다. 그렇게, 도시의 뿌리이고 먹거리의 공급지인 농촌은 죽어가고 있었다. 예당평야, 그 넓은 땅의 40퍼센트 이상이 서울 등지에 사는 부재지주의 소유란다. 누가 죽어 상여를 메게 될 때도 1960~1970대 노인들이 메는 일이 흔하다.

"생각해봐유. 우리 농촌이 무너지믄 버러지들두 안 먹는 농약묻은 외국쌀을 먹어야 되잖아유."

강 씨의 입술은 깊게 일그러졌다. 그 얼굴이 오랫동안 지워지지 않을 듯싶었다.

저물녘, 방영웅의 장편소설 『분례기』(1967)의 배경이 되는 예산군 예산리 호롱골을 가봤다. 마을 사람들이 방영웅 선생을 알아보고 '양반들의 터전인 예산 땅을 더럽게 작품화시킨 이'라고 예산 땅이 자랑하는 작가에게 농을 치기도 했다는 곳이다.

"스물다섯 살 때 쓴 소설인데, 지금은 어떤 내용인지 잘 생각도 안 나요. 용팔이 성격을 잘 형상화해내지 못했다는 기억만 남아 있죠."

방영웅 선생은 그렇게 말했다.

그날 저녁 일행은 밤새도록 술을 마셨다. 백제 유민들의 아픔과 동학도들의 죽음, 그리고 지금도 그 질곡에서 벗어나지 못하고 있는 농투성이들을 잊으려는 양 발버둥 치듯이 마셔댔다. 방영웅 선생은 전혀 흐트러짐 없이 예산 양반의 모양새를 지닌 채 밤새 술을 들었다. 그는 술을 들면서 나직한 저음으로 〈백제성〉을 아주 천천히 불렀고, 나는 빠르게 받아 적었다.

따뜻한 봄날에

동무들과 백제의 서울 찾아드니

무심한 구름은 오락가락

바람은 예대로 부는구나

부소산 얼굴은 아름답고

구름재 소리 즐거웁고나

황토는 지금도 파멸이란다

바람은 예대로 부는구나

그의 쉰 목소리에 막이 농투성이의 주름살만 깊게 패인 방 선생의 얼굴에는 낮에 만난 강 씨 할아버지의 텁텁한 표정이 묘하게 겹쳐지고 있었다.

금강의 시인들

다음날, 일행은 신동엽 시인의 생가에 갔다.

"1954년 무렵에 신 선생님을 따라 여기에 와 살았죠. 정림사 지에서 잠깐 앉았다 가자 해서 거기 가서 앉았더니, 풀잎을 뜯 어서 뒷머리를 묶어 주더군요. 그때 제 머리는 긴 머리였는데 어른들이 긴 머리를 싫어한다는 거예요. ……신 선생님이 열아 홉인가 스물인가 하는 나이에 썼던 일기장을 보면 그의 세계관 이, 이미 그 나이에 다 정리됐다는 생각이 듭니다. 천재성이라 고 인정하지 않을 수 없죠. 어린 나이에 일찌감치 이념의 과정 을 겪었지만 거기에 갇히지 않는 사람이었죠."

시인 인병선 여사의 말에는 신동엽 시인을 남편이 아니라 선 생으로 보는 애정이 묻어 있었다.

"제가 전공하고 있던 서양철학보다는 여기 부여에서 한국사 를 몸으로 체험하면서 가령 고구마, 감자 캐는 일이 진정한 철학이라고 말하곤 했어요."

말을 끝낸 그녀는 눈꼬리에 살짝 손수건을 댔다.

신동엽이 그렇게도 좋아했던 부여 땅. 공기나 바람, 사람들의 눈빛과 웃음 속에도 고대의 숨결이 녹아 있는 곳. 바로 이런 곳에서 자랐기에 신동엽의 시에는 고대와 현대가 끊임없이 혼합되어 있는 것이 아닐까. 고대사회의 농경적 이미지를 지닌 원수성原數性, 그 평화로운 공동체를 파괴시킨 차수성次數性, 그것을 다시 원수성으로 복귀시킨다는 귀수성歸數性이란 나름의 개념(『시인정신론』, 1961)과 더불어 그 모성적 이미지의 형성도 이런 풍토에서 연유한 것이 아닐까.

사실 그의 생각을 담은 시세계는 한 치의 변함이 없이 원수성 세계, 즉 평화로운 공동체를 지향하는 세계를 향해 탄탄하게 엮여 있다.

시비가 있는 금강 쪽으로 걸음을 옮기면서 그의 시세계를 생각해보았다. 그는 체질적으로 전통적인 서정에 서 있던 시인이었다. 사실 전통적인 서정에 한번 몸담으면 그 상투성에서 벗어나기 힘들어 '갇혀 있다'고 표현하기가 쉽다. 그러나 그는 과거의 틀을 그대로 차용하지 않고 그 서정 맛을 여러 장르를 통해 시적으로 변용시켰다. 시집 『아사녀』와 여러 편의 장시, 서사시 「금강」, 시극 〈그 입술에 파인 그늘〉, 오페레타 〈석가탑〉 등 다양한 장르를 실험했던 전위적인 시인이었다.

얼마 뒤, 생가에서 1킬로미터쯤 지나 금강 곁에 있는 화강암으로 된 선생의 시비에 이르렀다. 시비에는 「산에 언덕에」(시집 『아사녀』, 1963)라는 시가 새겨져 있다.

그리운 그의 얼굴 다시 찾을 수 없어도
화사한 그의 꽃
산(山)에 언덕에 피어날지어이.

그리운 그의 노래 다시 들을 수 없어도
맑은 그 숨결
들에 숲속에 살아갈지어이.

쓸쓸한 마음으로 들길 더듬은 행인(行人)아.
눈길 비었거든 바람 담을지네
바람 비었거든 인정(仁情) 담을지네.

그리운 그의 모습 다시 찾을 수 없어도

산에 언덕에

그리운 그의 얼굴
다시 찾을 수 없어도
화사한 그의 꽃
산에 언덕에 피어날지어이

그리운 그의 노래
다시 들을 수 없어도
맑은 그 숨결
들에 숲 속에 살아 갈지어이

그리운 그의 모습
다시 찾을 수 없어도
울고 간 그의 영혼
들에 언덕에 피어 날지어이

금강 옆 언덕에 있는 신동엽 시비와 시비 앞면에 새겨진 「산에 언덕에」

울고 간 그의 영혼

들에 언덕에 피어날지어이.

　시인은 영원히 산다. 시인은 시로써 영원히 산다. 시인의 숨
결은 생가나 약력에 있지 않고 시에 있다. 그래서인지 일행들
은 생가에서보다 신동엽 시비 앞에서 비로소 숙연해진다.

　시비에 천천히 절을 했다. 공광규, 정원도 선배들이 절을 했
고, 박가연 시인, 소설가 방영웅 선생도 조용히 묵념하면서 한
시인의 정결한 영혼을 만나려 했다.

　문득 그의 시집을 복사해서 가슴에 품고 다니면서 읽던 저
짐승스럽던 80년대 초반이 떠올랐다. 80년 후반이 돼서야 그
의 시집을 책방에서 사 읽을 수 있었다. 나는 그를 오랫동안 짝
사랑하다가 그가 이룬 산맥을 피할 수 없었다. 그래서 그 언저
리에서 쓴 글이 「신동엽 시 연구 – 장르적 특성을 중심으로」
(연세대 석사논문, 1987)다. 시간이 흐르고 이 글을 다시 보았을
때, 많이 부끄러웠다. 처음부터 다시 그를 만나보고 싶었다. 이
런 과정에서 쓴 책이 『금강을 노래한 민족시인, 신동엽』(사계절,
1994)이란 인물전이다. 이 작업은 시작에 불과하다. 나에게 신
동엽은 넘지 못할 산맥마냥 아직도 까마득하다.

이제 신동엽 시인은 더욱 빛나는 시인으로 평가되고 있으며, 현재 시 「산에 언덕에」는 중학교 3학년 국정교과서에 실려 있다. 그러나 정작 그는 그의 고향에서 아직 해금되지 않은 인물이다. 시비 옆에는 시비를 찍어 누를 듯이 몇 배나 큰 거대한 반공순국지사기념비가 세워져 있었다. 신동엽은 사회주의자가 아니었고, 아나키스트였는데도 말이다. 을씨년스런 풍경들이 충남 지역의 보수성을 대변하는 게 아닐는지. (다행히 이 반공순국지사기념비는 1990년대 이후 사라졌다.)

"빨리 껍질을 벗어야지. 암!" 누군가가 크게 말했다.

이념의 껍질을 벗으려 했던 작가들이 이 지역에서 연이어 나왔다. '금강의 시인' 신동엽과 '눈물의 시인'으로 알려진 박용래(1925~1980), 아울러 한성기와 조재훈으로 이어져 오는 공주·부여권의 문학 줄기는 80년대에 활발히 활동했던 '삶의 문학' 동인으로 이어진다. 다시 그 흐름을 김흥수, 김백겸, 조재도, 이강산, 윤형근, 이은봉, 이재무, 이정록 시인, 그리고 소설가 방영웅, 김중태, 강병철 등이 잇고 있다. 신동엽 시인이 쓰려다 채 마무리하지 못했던 서사시 「임진강」의 시세계는 남은 이들의 몫이 아닌가 생각해본다. (김응교)

1964년 제주도에서

서울시대

9

돈암동

서울아, 너는 조금이 아니었다

돈암동 생활

　신동엽 시인은 1959년 봄 돈암동에 셋방을 얻어 살림을 차리면서 서울생활을 시작했다. 성북구청 근처 돈암동 개울가에 있는 집으로 가족과 함께 처음으로 정착한 곳이다.

　신동엽 시인은 인병선 여사와 1956년 10월 결혼했는데 직장이 없는 데다가 건강마저 좋지 않아 생활이 어려웠다. 인병선 여사는 어려운 가정 살림을 헤쳐 나가려고 결혼한 다음해부터 부여터미널 맞은편(현재 백마약국 자리)에 '이화양장점'을 운영했다. 결혼한 다음해 맏딸 정섭貞燮을 얻었고, 1957년 가을부터 충남 보령군에 있는 주산농업고등학교의 교사로 근무하게 되어 세 식구는 보령으로 이사를 했다. (『신동엽 전집』 및 『신동엽 산문전집』에는 1958년 주산농업고등학교의 교사가 된 것으로 정리되어 있으나 신동엽 시인이 인병선 여사에게 보낸 편지들을 살펴보면 1957년에 교사로 임용된 것으로 보인다.)

그런데 안정된 생활을 이루는가 싶었던 신동엽 시인은 각혈을 시작했다. 그리하여 전염성이 있는 폐결핵이라고 여기고 인병선 여사와 딸을 서울 돈암동 친정집으로 올려보냈다. 신동엽 시인의 장남인 좌섭佐燮에 따르면 그 각혈의 원인은 폐결핵이 아니라 폐디스토마일 가능성이 높다. 신동엽 시인은 1951년 국민방위군 대구수용소에서 빠져나와 귀향할 때 굶주림에 지쳐 민물 가재를 잡아먹은 일이 있었는데, 그것으로 보아 폐디스토마에 걸렸을 가능성이 높은 것이다.(「신동엽 시인과 인병선 짚풀문화학자·시인」, 『푸른사상』, 2019.봄, 17~18쪽)

뜻밖의 상황에 좌초된 신동엽 시인은 부여로 돌아와 시를 쓰기 시작했다. 가족과 떨어진 채 아픈 몸을 치료하면서 시를 쓴 그의 심정이 어떠했을까. 1959년 1월 28일까지 인병선 여사와 주고받은 편지들을 보면 가족에 대한 그리움이 그지없이 애절하다. 인병선 여사에게 보낸 1958년 3월 15일 및 4월 9일의 편지를 보면 주산농업고등학교에는 휴직제가 없어진 신공무원법에 따라 사직서를 제출했는데, 새로 부임한 교감 선생님의 배려로 휴직 처리가 된 상태였다.

신동엽 시인은 1959년(30세) 1월 석림石林이란 필명으로『조선일보』신춘문예에 시 작품「이야기하는 쟁기꾼의 대지」가 입선한 것이 계기가 되어 서울에 올라왔다. 시인으로서 본격적인 작품활동을 할 수 있는 자격을 갖추었을 뿐만 아니라 건강도 어느 정도 회복되었기에 상경한 것이다. 그리하여 '동원네'라고 불리는 집에서 셋방살이를 했는데, 손님이 오면 인병선 여사는 작은 아이(좌섭)를 업고 큰 아이(정섭)의 손을 잡고 집밖으로 나가 땅바닥에 강아지를 그리며 놀아주었을 정도로 좁은 집이었다. 그렇지만 그곳은 장남 좌섭을 얻었을 정도로 가정생활의 근거지였고 창작의 산실이었다.

신동엽 시인은 상경한 이듬해에 월간 교육평론사에 취직했고, 4·19혁명을 맞아 자신의 작품「아사녀」가 수록된『학생혁명시집』을 출간했을 정도로 혁명의 흐름에 적극적으로 참여했다. 1961년에는 명성여고 야간부 국어교사로 채용되었고, 1962년에는 작은아들 우섭佑燮도 얻었다. 또한 시론(「시인정신」, 『자유문학』) 및 평론(「60년대의 시단 분포도」, 『조선일보』)을 발표하면서 작품활동의 영역도 넓혀 나갔다.

서울시 성북구 동선동 5가 45번지 앞
신동엽 시인의 맏딸 정섭과 큰아들 좌섭, 아이들의 외할머니

▼ 현재 동선동 5가 45번지
건물 옆 주차 공간이 신동엽 시인이 마지막까지 살던 집터이다

　　이 세상에 나온 것들의 고향을 생각했다

1962~1969, 동선동 생활

신동엽 시인은 1962년 장모의 도움을 받아 성북구 동선동 5가 45번지로 집을 장만해 이사했다. 식구가 늘었고 창작생활에 집중할 공간이 필요했기 때문이다. 그리하여 「나의 나」, 「이곳은」, 「별밭에」, 「너는 모르리라」 등의 시 작품을 발표했다. 1963년 3월에는 그동안 발표한 작품 10편과 새로운 작품 8편을 수록한 첫 시집 『아사녀』를 출간했다. 이듬해 3월에는 건국대 대학원 국어국문학과에 입학했고(1학기만 다님), 7월에는 부여와 목포를 거쳐 제주 여행도 했다. 1965년에는 한일협정 비준 반대문인 서명운동에 동참했고, 1966년에는 시극 〈그 입술에 파인 그늘〉을 최일수 연출로 국립극장에서 상연했다.

1967년 신동엽 시인은 가장 왕성한 활동을 펼쳤다. 1월에는 앤솔로지 『52인 시집』에 시 「껍데기는 가라」, 「아니오」 등 7편을 실었고, 6월부터 8월까지는 『중앙일보』의 시 월평을 맡아 집필했다. 또한 12월에는 펜클럽 작가기금을 받아 장편서사시 「금강」을 『한국현대신작전집』 제5권에 발표했다. 「금강」은 서화, 후화를 포함해서 총 30장 4,673행으로 구성된 대작으로 한국 시문학사에서 기념비적인 작품이다. 1894년에 일어난 동학농민혁명을 토대로 3·1운동, 4·19혁명으로 맥을 잇고 있는 민

신동엽 시인 장례식 장면

중의 역사를 노래한 대서사시이다. 신동엽 시인은 동양라디오 방송의 〈내 마음 끝까지〉라는 프로그램도 맡아 대본을 썼다.

1968년 5월 신동엽 시인은 오페레타 〈석가탑〉(백병동 작곡)을 드라마센터에서 상연했다. 6월 16일 김수영 시인이 타계하자 조사 「지맥 속의 분수」(『한국일보』, 6.20)를 발표했고, 시 작품 「보리밭」, 「여름 이야기」 등 5편을 『창작과비평』에 발표했다. 그렇지만 1969년 3월 간암 진단을 받고 세브란스병원에 입원했다. 차도가 없어 4월 7일 동선동 자택에서 타계했다. 4월 9일 경기도 파주군 금촌읍 월롱산 기슭에 안장되었다. 신동엽 시인

의 묘소는 1993년 11월 부여군 부여읍 능산리 백제왕릉 앞산
으로 이장되었다.

서울의 자본주의 인식

신동엽 시인은 돈암동 집에서 생을 마칠 때까지 서울을 주
시했다. 식구들의 삶을 책임진 가장으로서, 사회적인 존재로서,
그리고 시인으로서 서울의 상황을 담아낸 것이다. 그와 같은
모습은 다음의 작품에서 볼 수 있다.

초가을, 머리에 손가락 빗질하며

남산에 올랐다

팔각정에서 장안을 굽어보다가

갑자기 보리씨가 뿌리고 싶어졌다.

저 고층 건물들을 갈아엎고 그 광활한 땅에

보리를 심으면 그 이랑이랑마다 얼마나 싱싱한

곡식들이 사시사철 물결칠 것이랴

서울 사람들은

벼락이 무서워

피뢰탑을 높이 올리고 산다.

내일이라도 한강 다리만 끊어 놓으면

열흘도 못 가 굶어죽을

특별시민들은

과연 맹목 기능자이어선가

도열병약(稻熱病藥) 광고며, 비료 광고를

신문에 내놓고 점잖다.

그날이 오기까지는 끝이 없을 것이다.

숭례문 대신에 김포의 공항

화창한 반도의 가을 하늘

월남으로 떠나는 북소리

아랫도리서 목구멍까지 열어놓고

섬나라에 굽실거리는 은행 소리

조국아 그것은 우리가 아니었다.

우리는 여기 천연히 밭갈고 있지 아니한가.

서울아, 너는 조국이 아니었다.

오백년 전부터도,

떼내버리고 싶었던 맹장

그러나 나는 서울을 사랑한다

지금쯤 어디에선가, 고향을 잃은

누군가의 누나가, 19세기적인 사랑을 생각하면서

그 포도송이 같은 눈동자로, 고무신 공장에

다니고 있을 것이기 때문에.

그리고 관수동 뒷거리

휴지 줍는 똘마니들의 부은 눈길이

빛나오면, 서울을 사랑하고 싶어진다.

그러나, 그날이 오기까지는.

　　　　　　　　　　—신동엽, 「서울」 전문(『신동엽 전집』, 창작과비평사, 1993)

위의 작품의 화자는 "초가을, 머리에 손가락 빗질하며 / 남산에 올”라 “팔각정에서 장안을 굽어보다가 / 갑자기 보리씨가 뿌리고 싶어”지는 충동을 느낀다. “저 고층 건물들을 갈아엎고 그 광활한 땅에 / 보리를 심으면 그 이랑이랑마다 얼마나 싱싱한 / 곡식들이 사시사철 물결칠 것이랴”라고 생각한 것이다.

작품의 화자는 보리를 심지 않는 “서울 사람들은 / 벼락이 무서워 / 피뢰탑을 높이 올리고” 살 정도로 두려움이 많고, “내일이라도 한강 다리만 끊어 놓으면 / 열흘도 못 가 굶어죽을” 수밖에 없으면서도, “도열병약稻熱病藥 광고며, 비료 광고를 / 신문에 내놓고 점잖”게 살아가는 모습을 호의적으로 바라보지 않는다. 그리하여 “특별시민들”은 “과연 맹목기능자”인가 하고 묻는다. 도시적인 삶의 방식과 가치에 함몰되어 자연의 생명력을 망각한 서울 사람들을 비판하고 있는 것이다.

화자는 이와 같은 상황이 “끝이 없을 것이”라고 예상한다. 다시 말해 “숭례문 대신에 김포의 공항 / 화창한 반도의 가을 하늘”이며 “월남으로 떠나는 북소리”며 “아랫도리서 목구멍까지 열어놓고 / 섬나라에 굽실거리는 은행 소리” 등이 지속되리라고 보는 것이다. 그리하여 화자는 “우리는 여기 천연히 밭 갈고 있지 아니한가”라고 물으며 “조국아 그것은 우리가 아니었다”고 말한다. “오백년 전부터도, / 떼내버리고 싶었던 맹장”이었을

뿐 "서울아, 너는 조국이 아니었다"고 단언하는 것이다.

그렇지만 화자는 서울을 비난하는 것으로 마무리 짓지 않고 "나는 서울을 사랑한다"고 바꾸어 말한다. "지금쯤 어디에선가, 고향을 잃은 / 누군가의 누나가, 19세기적인 사랑을 생각하면서 / 그 포도송이 같은 눈동자로, 고무신 공장에 / 다니고 있을 것이기 때문"이다. 나아가 "관수동 뒷거리 / 휴지 줍는 똘만이들의 부은 눈길이 / 빛나오면, 서울을 사랑하고 싶어진다"고 희망한다. 화자는 노동자나 하층민이 서울을 이끄는 주체라고 인식하고 그들이 지배하는 시대가 오면 서울을 사랑하겠다고 약속하는 것이다.

화자는 "그러나, 그날이 오기까지는" 서울을 사랑할 수 없다고 또다시 단언한다. 서울을 단순히 하나의 도시가 아니라 대한민국을 상징하는 장소로 보는 것이다. 다시 말해 대지를 파괴하고 세운 고층건물들이 즐비한 도시이기에 자연으로부터 소외된 곳이기도 하면서 "섬나라에 굽실거리는 은행 소리"로 넘치는 대한민국의 심장부라고 못마땅하게 여기는 것이다.

화자는 서울의 상황이 오백 년 전 중국의 지배를 받던 때와 똑같은 처지라고 여긴다. 그리하여 제국주의의 지배를 받는 서울을 "떼내버리고 싶"은 "맹장"이라고 아파한다. 서울을 단순히 농촌과 대비되는 도시가 아니라 거대한 제국 자본주의 체제에 종속된 식민지로 인식하는 것이다. 결국 화자는 서울을 통해 자본주의 체제의 모순을 인식하고 그 극복을 모색하는 것이다.

사랑과 혁명을 위한 시

시와 사랑과 혁명을 꿈꾼 신동엽 시인에게 서울은 다소 낯선 장소였다. 고향 부여 사람들에게는 공동체 의식을 볼 수 있었는 데 비해 서울 사람들에게는 이기적인 경쟁에 빠져 행복한 모습을 볼 수 없었다. 그리하여 신동엽 시인은 조용하면서도 부단하게 사랑과 혁명을 이루고자 시를 써나갔다. 큰소리로 떠든다고, 바삐 서둔다고 꿈을 이룬다고 보지 않았다. 신동엽 시인이 서울의 거리에서 들리는 자동차 소리, 호각 소리, 클랙슨 소리, 사람들의 외치는 소리, 깨어지는 소리 등을 멀리하고 자신을 지킨 것이 그 모습이다. 일요일이면 북한산이나 관악산에 오른 것도 그러하다. 등산하는 사람치고 눈동자가 맑지 않은 사람이 없다는 믿음을 가질 정도였다.

또한 신동엽 시인은 전경인全耕人의 시인 정신을 가지고 암흑과 절망을 외치는 현대인들을 구원하려고 했다. 시란 인간 인식의 전부이고 세계 인식의 통일적 표현이며 생명의 조직이라고 보고, 광범위한 정신의 집단과 호혜적 통로를 가지려고 한 것이다. 장편 서사시 「금강」을 창작한 것은 이와 같은 의도를 실현한 것으로 보인다. 「60년대의 시단 분포도—신저항시 운동의 가능성을 전망하며」란 평론을 공들여 쓴 것도 마찬가지이다. 정치를 정치 전문 기능자에게, 종교를 종교 전문 목사에게, 사상을 직업 교수에게 위임한 채 단어 상자나 쏟아놓고 원고지 앞에 앉아 안이한 서정으로 노닥거리는 시인들에게 각성을 요구했다. 민중 속에서 흙탕물을 마시고 민중의 정열과 지성을 조직하고 조국 심성의 본질적 전열前列에 발언할 것도 제시한 것이다. 또 다른 평론에서 수운 최제우가 삼천리 강토를 10여 년 동안 걸으면서 노예의 조국을 본 것을 소개한 것도, 진정한 시인이라면 미국의 식민지 지배를 받고 있는 조국의 현실을 피맺힌 언어로 노래해야 한다고 주장한 것도 같은 의도로 볼 수 있다.

신동엽 시인은 김수영 시인이 타계하자 조사 「지맥 속의 분수」를 발표했는데, 김수영 시인이 순수한 것, 민족적인 것, 인간적인 것을 노래함으로써 어두운 시대의 위대한 증인이었다고 평가하면서 그의 죽음은 민족의 손실이라고 아쉬워했다. 그러면서도 위대한 민족시인의 영광이 무덤 위에서 빛날 것이라고 기대했다. 뿐만 아니라 평론 「선우휘 씨의 홍두께」를 통해 좌우익이라는 색깔로 이 세계를 분리하는 세력에 맞서 시인은 영원한 자유주의자이고 부정주의자라며 김수영 시인의 참여시 정신을 계승했다. 신동엽 시인이 희망했던 참여시 정신은 1970년대에 들어 민중시로 확대되었다. 근로기준법 준수와 유신헌법 폐기를 외치는 민중시의 목소리들이 시대를 울린 것이다.

(맹문재)

1964년 5월 창경궁에서
신명숙, 신좌섭, 인병선, 신동엽, 신정섭

명성여고

명성여고 야간부, 국어교사 신동엽

　　신동엽 시인만큼 편지, 육필원고, 신문기사, 유품 등 작가의 자료가 완벽하게 보존되고, 정리되어 있는 경우는 한국문학사에서 찾아보기 힘들다. 사법서사司法書士 일을 하던 부친 신연순이 부여초등학교, 전주사범학교, 단국대(전시연합대학)에서 받은 신동엽의 통신문, 입학증 등을 전부 모았고, 이를 이어받은 아내 인병선이 1953년 교제 이후 주고받은 편지를 포함해 육필원고와 신문기사 등을 스크랩하여 정리했다. 인병선은 1993년에 짚풀생활사박물관을 건립하고 1953년에 월북한 아버지의 저서와 논문을 엮어 1992년『인정식 전집』(1~5)을 발간할 정도로 탁월한 수집가이자 학자였다. 그녀는 남편의 자료를 단순히 쌓아놓은 정도가 아니라, 분류 체계를 만들고 데이터베이스를 구축해 2013년에 신동엽문학관이 개관할 수 있도록 기여했다. 그리고 1975년 창작과비평사에서 『신동엽 전집』이 발간된 이후, 창비에서 2013년 『신동엽 시전집』, 2019년 『신동엽 산문전집』 등이 발간되면서 민족, 저항, 참여시인 신동엽의 문학 텍스트는 성실하게 정리됐고 연구되어 왔다.

그러나 1959년 등단 이후 시인이 서울에서 가장 오랜 시간을 보낸 직장임에도 불구하고, 명성여고에서의 활동은 거의 알려진 바가 없다. 명성여고의 후신인 동국대사범대학부속여자고등학교(이하 동국대부속여고)에 남아 있는 인사대장에 따르면 신동엽 시인은 1961년 9월 9일부터 1969년 4월 7일까지 재직한 것으로 나오는데(인사대장의 재직기간은 동국대부속여고 교내에 시비를 건립하면서 27대 김형중 교장이 처음 확인했다), 8년 동안 근무했고 그만큼 가장 많은 흔적이 남아 있으리라 예상할 수 있다. 하지만 시인이 학교에서 편집지도를 맡았던 교지 『성원星苑』과 문예반 활동, 그리고 1968년에 명성여고 학생들이 배우로 출연한 오페레타 〈석가탑〉 공연 등에 대한 기록은 거의 정리되어 있지 않다.

그때 들추어 본 명성여고 교지에 학생들의 앙케이트 난이 있는데, 그 난에 아버지가 자주 등장했던 걸 보아 학생들 사이에 무척 인기있는 선생님이셨던 듯하다. 때때로 채점하기 위해 들고 오시는 아버지가 낸 시험 문제지는, 내가 후에야 안 사실이지만 대학시험에나 있을 완전 주관식 문제들로 되어 있었다. 이를테면 '무엇 무엇에 관해 논하라'라는 식의.

학생들이 집에 놀러 왔고, 그때 아버지로부터 배운 학생 중엔 아직까지도 잊지 않고 틈나는 대로 우리를 찾아 주는 분도 있다.

—신정섭, 「대지를 아프게 한 못 하나 아버지 얼굴가에 그려넣고」,
『월간독서』, 1979.

장녀 신정섭이 아버지를 회고하면서 언급한 교지 『성원』에는 '앙케이트'를 통해 학생들이 바라본 신동엽의 모습이 기록되어 있는데, 간접적으로 교지의 내용을 확인할 수 있을 뿐 실제로 그 내용이 무엇인지에 대해서는 알 수 없다.

교무수첩 몇 개가 신동엽문학관에 전시되어 있고, 수장고에도 따로 보존되어 있다. 하지만 문학관에 보존되어 있는 다른 자료를 보면 공책, 편지봉투 등 여러 형태의 종이마다 신동엽의 메모가 남아 있는데 비해 교무수첩에는 거의 기록이 남아 있지 않다. 신동엽이 참여시인으로 기억되는 동안, 그의 인생 후반부가 전개된 명성여고의 기록은 어디론가 사라져버린 것이다.

사라진 흔적이 내게는 타자에 의한 의도적 삭제, 억압, 배제

라기보다는 오히려 신동엽 시인의 시적 특이성을 명증하게 보여주는 삶의 희미한 궤적으로 인지된다. 1967년에 조동일, 김수영의 평론으로 인해 문단에서 신동엽에 대한 관심이 늘어났고 그해 말 서사시 「금강」의 발표 이후 신동엽은 참여시인으로 높이 평가받았으나, 시인이 유명세를 타고 있던 시기에는 전혀 다른 또 하나의 흐름이 병행하기 때문이다. 평범하게 살아온 나로서는 오히려 50년 이상 전혀 수면 위로 드러나지 않은 여백에 더욱 관심 갖게 된다. 여태껏 중요하게 생각해 왔던 민족과 현실 참여의 가치평가로부터 벗어난 영역에서, 신동엽은 눈에 띄지 않는 행보를 통해 우리 모두가 함께 사는 새로운 세계를 만들고 있다고 보았다.

과거를 돌아보는 방식은 현재적으로 진행됐다. 신동엽학회에서 2018년과 2019년 문학행사를 기획하고 진행하면서, 신동엽 시인이 열어놓은 새로운 길을 우연히 접할 수 있었다. 신동엽학회가 그동안 해왔던 작업을 정리하는 기분으로, 동국대부속여고 학생들과 함께 명성여고 야간부 국어교사 신동엽의 흔적을 현재의 위치에서 더듬어본다.

1967년과 2018년

1967년은 신동엽 시인에게 가장 바쁜 해이다. 해방 이후 활발하게 활동한 시인들에게 대표시를 받아 엮은 『52인 시집』이 1월에 발간되었으며, 여기에 신동엽은 「진달래 산천」, 「껍데기는 가라」, 「아니오」 등 7편을 재수록(일부 개작)한다. 시에 대한 평론이 후반부에 실려 있고 그중 조동일이 신동엽의 시를 두고 참여시의 최고 단계라고 극찬한다. 7월부터 『중앙일보』에 월평을 싣기 시작해서 3편의 평론을 발표하고, 12월에는 4,700여 행의 장편 서사시 「금강」을 『현대 한국 신작전집』 5에 발표한다.

다른 한편에서는 대략 6월부터 8월까지 오페레타 〈석가탑〉을 집필하고, 11월과 12월에는 라디오방송 대본 「내 마음 끝까지」를 집필한다. 오페레타에 관해서는 뒤에 가서 말하기로 하고, 라디오방송 대본을 다루며 명성여고에 관한 이야기를 먼저 정리해본다.

신동엽은 「금강」 집필 시기에 현재훈 소설가를 만나 원고를 자주 읽게 했다.(성민엽 편, 『신동엽』, 문학세계사, 1992, 114쪽) 그때 당시 현재훈이 동양방송 PD였고, 동양방송은 『중앙일보』 소속 방송이었던 만큼 신동엽과 현재훈의 친분을 통해 신동엽의 알 수 없었던 행적이 드러난다. 추측컨대, 현재훈 소설가의 소개로 신동엽은 『중앙일보』에 월평을 싣기 시작하고, 동양라디오의 방송대본을 쓰게 됐을 것이다.

신동엽의 라디오방송 대본은 2009년 '신동엽학회 창립 학술대회'의 개최를 알리는 언론 기사를 통해 일반에 처음 알려졌으나, 그로부터 10년 동안 공개되지 않았다. 신동엽학회의 정례 문학행사를 준비하며 『중앙일보』 본사에 방문했고, 1967년 11월 1일부터 12월 23일간 28회에 걸쳐 밤 11시 50분에 진행된 방송 기록을 확인해 라디오대본을 팟캐스트라는 매체를 활용해 공개하기로 했다.

신동엽학회가 다른 전문행사 기획사와 달리 연구자와 작가들이 모여 공부하는 단체였기에, 나는 문학행사를 기획하면서도 조사 연구를 병행했다. 조사할수록 신기했다. 며칠을 도서관에서 보내며 당시 신문과 방송잡지 등에서 찾아봤으나 이 방송 관련된 기록을 전혀 확인할 수 없었다. 비록 2개월 채 방송 안 되었다 하더라도 신동엽 시인이 글을 썼는데 들은 사람은 물론, 라디오방송 대본의 내용을 읽은 사람이 없었다.

그러고 보니 방송을 듣는 자가 불특정 다수라면, 말하는 한 사람에 초점을 맞출 필요가 전혀 없는데도, 나는 대본을 쓴 주체, 작가가 누구인가를 굳이 따져 묻고 있었다. 신동엽 시인의 대본을 낭독하는 주체가 신동엽을 중심으로 구성된 신동엽학회일 필요도 없었다. 이때 나는 오페레타 〈석가탑〉에 관한 학술 소논문을 작성하고 있었고, 오페레타를 명성여고 학생들이 배우로 출연하여 공연했다는 사실에 감격해 있는 상태였다. 즉시 명성여고, 현재의 동국대부속여고에 연락해서 학생들이 신동엽 시인의 대본을 낭독해주길 요청했다. 학회의 제안에 학교 측은 흔쾌히 승낙해 주었고, 일주일 뒤 학교 교실에서 7명의 학생을 만날 수 있었다. 우리는 신동엽 시인이 문단에 발표하지 않고 방송을 통해 불특정 다수에게 전한 것처럼, 인터넷만 연결된다면 누구나 들을 수 있도록 토요일 주 1회, 10월 6일부터 11월 16일까지 팟캐스트 〈내 마음 끝까지〉를 방송했다. 한편으로는 내심, 혹시라도 누군가가 이 방송을 듣고 1967년 그날 밤들을 떠올리면 좋겠다고 생각했다.

우리는 과거에 머물러있지 않고자 신동엽학회원들이 현대적 감상, 이해를 담아 낭독하도록 팟캐스트의 후반부를 구성했다. 후반부 낭독에 참여한 학회원 중 조길성 시인이 페이스북에 홍보글을 올렸는데, 그 글에는 1961년도에 신동엽 시인에게 배운 학생의 댓글이 달려 있었다.

조길성 님~ 늘 생각하면 그리운 선생님이서요. 이제 저희도 팔십을 앞에 둔 할머니들이지만 선생님을 생각하면 가랑머리에 꿈 많던 여고생이 되지요! 수업 전 늘~촉~촉한 음성으로 시 한 수 읊어주시던 그 아련함이요^^ 멋진 행사되시기를 바랍니다.

댓글에는 고3 소녀의 감성이 묻어났다. 8년이나 머물렀던 학교인데 제자들의 증언이 문서로 남아 있지 않아 당황스러웠던 상태에서, 조순자 명인(국가무형문화재 30호 예능보유자, 가곡전수관 관장)의 댓글을 보고 신나서 잇따라 댓글을 달았다. 조순자 명인이 댓글의 답을 확인하고 페이스북에 적힌 연락처로 바로 전화해 주었다. 50년이 지났지만, 여전히 선생님의 말 한 마디에 감동하는 여학생처럼, "우리 선생님"에 대한 사랑이 느껴졌다. 수업시간에 시인이 들려준 시 한 편이 있는데, 기억하는 친구가 아무도 없다면서 주변의 아는 시인들에게도 물었지만 다들 모르더라고 말이다. 혹시 "늘메기 울음보다 어둡고 짙은" 이런 구절이 들어간 시를 아느냐고 물으셨다. 다행히도「교실에서」라는 제목의 시를 시전집에서 찾을 수 있었다. 이 시는 주요 연구대상에서 항상 제외되어 있었기 때문에 바로 기억할 수 없었다. 전집에는「교실에서」의 집필 시기가 1968년으로 적혀 있으나, 증언을 따른다면 1961년에 신동엽 시인이 이 시를 낭독했다고 볼 수 있어서 증언과 기록 사이에 차이가 있다. 하지만 시인이 학생들을 떠올리며 시를 썼다는 사실에는 의심의 여지가 없었다. 시 전문을 핸드폰 문자로 입력하면서 자세히 읽어 보니「아사녀」,「삼월」,「껍데기는 가라」등의 시를 이해하는 데 특별한 단서를 갖고 있었다.

「교실에서」의 시 전문을 문자로 받은 조순자 명인은 울음 섞인 목소리로 "오늘 참 기쁜 날입니다"라며 신동엽 시인이 그날 해주신 말씀을 전해 주었다. 조순자 명인은 신동엽 시인이 '늘메기 울음'에 대하여 뱀이 허물을 벗기 위해 나무에 몸통을 부딪치며 내는 소리라고 설명해 주었다고 한다. 낮에는 직장에 다니고, 저녁에는 고된 노동을 마치고 와서 변화하고자 끊임없이 노력하는 학생들의 몸부림을 신동엽 시인은 깊게 들여다보고 있었다. 이전까지는 '늘메기'라는 시어를 주목해 보지 않았는데, 이후 신동엽의 시 곳곳에 '늘메기' 등 구속의 껍질을 깨면서 남모르는 울음을 우는 형상들이 자주 보였다.「껍데기는 가라」를 읽으면서도, 조순자 명인의 말대로 성장통의 아우성 소리를 내며 구속의 껍질을 깨는 "꿈많던 소녀"들이 다름 아닌 한반도의 '알맹이'로 느껴졌다.「삼월」에는 '늘메기'와 '아사녀'가

한 쌍으로 나오는데, 그 아사녀가 처음 시에 등장한 시기가 바로 『학생혁명시집』에 실린 「아사녀」였으니, 신동엽 시인은 학생들의 순수함에서 혁명의 가능성을 보았던 것이다.

「교실에서」는 명성여고에 첫 걸음을 내딛은 1961년도에 낭독한 시였다. 너무나 당연한 행보인데도, 그동안 시인이 교사생활을 하면서 제자를 사랑하는 마음으로 쓴 시에 대해 전혀 관심을 안 가졌던 터라, 시전집을 천천히 훑어보았다. 그제야 「별밭에」라는 시가 『성원』 3집(1962)의 권두시로 발표되었던 것을 확인했다. '성원'의 한자어를 한글로 풀어 쓴 시였다. 그리고 또 신동엽 시인이 교지 『성원』의 편집지도를 맡았다는 것도 알았다. 이 교지에는 신동엽 시인에 관한 학생들의 이야기뿐 아니라 신동엽의 미발표작이 상당히 많을 것으로 생각됐다. 〈내 마음 끝까지〉 팟캐스트를 녹음하며 학생들을 인솔한 권오정 국어교사에게 교지의 여부를 물었다.

권오정 교사는 팟캐스트 참여를 계기로 이후 학생들 동호회를 지도하고 교내에 숨어 있던 교지와 졸업앨범을 찾아냈다. 1971년도에 명성여고가 광진구로 이전한 이후의 교지만 남아 있었다. 교지가 연간 발행이었다는 점에서 추정할 수 있는 창간호 발행 시기와 입사 시기가 일치하지 않아서 신동엽이 창간

호부터 개입했는지, 아니면 이미 창간되어 있던 교지에 나중에
참여했는지는 정확히 알 수 없다.

1986년도 교지에는 신상아(본명 신현숙) 교사가 동국대부속
여고 학생들을 데리고 인병선 여사와 인터뷰했던 내용이 수록
되어 있었다. 신상아 교사와 우연히 통화를 하게 되었고, 그녀
는 '명성明星'의 교명처럼, 학생들이 석가와 같이 새벽녘의 깨달
음을 얻으며 성장하는 것을 바라보는 것이 늘 자랑스러웠다고
말했다. '명성', '성원', '별밭에'라는 교명, 교지명, 시명에서 언
어의 계보를 확인할 수 있었다. 교지에는 '별밭시단' 코너에 학
생들이 발표한 시, 그리고 '밝은 별'이 되기를 바란다는 말을
졸업생이 후배들에게 남긴 구절을 어렵지 않게 볼 수 있었다.
2005년에 동국대사범대학부속여자고등학교로 교명을 변경했
으니, 1930년부터 이어온 아름다운 전승이 단절된 것 같았다.

알고 보니 권오정 교사가 찾아낸 자료들은 신상아 교사가 교
내에서 신동엽 시인 관련 전시활동을 하면서 모아 놓았으나, 이
후 다른 관심을 받지 못한 채 고요히 보존되어 있었던 것이다.
과거와 현재가 교묘하게 맞물렸다. 신상아 교사가 퇴직할 즈음
신동엽 시비 건립을 추진했으나 교장의 반대로 무산되었던 가
운데, 권오정 교사가 예전 자료들을 다시 찾아낸 이후부터 시비

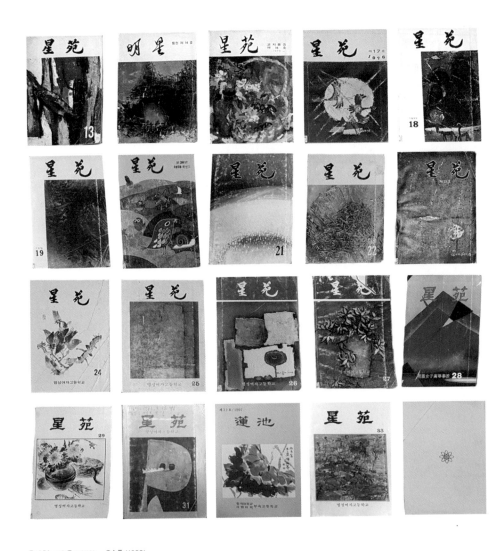

『성원』 13호(1972)~34호(1999)

文芸班

1963년과 1966년 졸업앨범

교지 〈星死〉 편집위원

문호를 꿈꾸며___〈文芸班〉

1962년 명성여고 졸업앨범 속 교지 편집위원과 문예반

건립에 대한 논의가 오고 갔고 2019년 6월 20일, 「껍데기는 가라」를 새긴 시비가 교내에 세워졌다.

시 「아사녀」에서 "팔월십오일 / 아니 그보다도 전부터 / 우리들의 발길이 있은 뒤부터", 우리의 '젊은 가슴'이 신동엽 시의 상고시대부터 3·1운동, 4·19혁명 등으로 이어지듯이, 신상아, 권오정 등 평교사들의 화답 끝에 결국 시비 건립이 이뤄진 것이다. 시비의 건립보다는, 학교 안에서 주어진 교육체계를 벗어나 교사들이 학생들과 어울리는 작은 공간을 만들기 시작했다는 것이 놀라운 변화였다.

명성여고 졸업앨범에는 신동엽 시인의 미공개 사진을 포함해서, 1968년도 오페레타 〈석가탑〉의 공연 사진들이 수록되어 있었다. 권오정 교사는 시인의 사진을 연도별로 정리하여 학교 신문 119호에 다시 실었다. 학교에서는 매년 사진 촬영을 새로 하기 때문에, 졸업앨범은 신동엽 시인의 사진 변천사를 확인할 수 있는 자료였다. 졸업앨범에는 교지 편집위원과 문예반 활동 기록도 남아 있었다. 신동엽 시인이 명성여고 학생들과 함께 있는 사진은 기존까지 1966년도로 알려져 있었는데, 명성여고 1962년 졸업앨범에 그 정확한 설정, 인원, 공간의 사진이 있어서 앞선 정보를 바로 잡아줬다.

앞의 사진은 신동엽과 명성여고 학생들이 함께 찍은 사진으로 가장 많이 공개되어 왔으며, 인병선 여사가 1986년에 인터뷰할 때도 교지에 수록하게 한 사진이다. 졸업앨범에 실린 사진들이 대개 전년도 행사 내용이기 때문에, 이 사진은 시 「교실에서」와 마찬가지로 재직 이후 시인이 거의 초창기에 학생들과 어울리는 모습을 담고 있는 것이다.

졸업앨범 자체만으로 신동엽에 대한 생애사적 정보들을 여러 개 찾을 수 있을 것이기에, 바로 성북문화재단 아카이빙팀에 정보를 알려주었고 졸업앨범은 이후 스캔하여 보존할 수 있게 됐다. 만약 1972년 이전의 교지가 발견된다면, 그곳에서는 신동엽의 미발표 작품을 쉽게 찾아볼 수 있으리라 확신한다. 누군가 관심 갖는다면 또 언젠가 발견될 것이다.

1968년과 2019년

2019년 신동엽 시인의 등단 이후 행적을 따라가 보는 '신동엽 문학기행―신동엽의 서울시대'를 준비하면서 명성여고 터를 들르지 않을 수 없다는 판단하에, 학교와 관련된 간단한 정보를 정리하고 사전답사를 했다.

사전답사는 인터넷에 나온 대로 종로구 관수동 102번지에서 진행됐다. 그런데 건물 관리인이 말하기를, 일제 치하에는 학교였을지 모르나 1950년대부터는 기업들이 들어섰다고 말하면서 명성여고가 있지 않았을 것이라 하여, 잠시 방황하다가 발길을 돌려야만 했다. 인터넷에 올라온 정보 한 줄만 믿고 여러 사람들 데리고 와 고생하게 했다는 생각을 하며 어떻게든 문학기행의 경로를 정해야 한다는 생각에, 6개월 만에 조순자 명인에게 전화드렸다. 그동안 안부를 묻지 않았음에도 불구하고 너무 친절하게, 상세하게 1960년대 일들을 말씀해주셨다. 그러다 또 하나의 단서를 주셨다.

청계천변 바로 옆에 있었답니다. 명성여고는 주간반보다 야간반이 더 많았어요. 1개의 주간반과 3개의 야간반이 있었지요. 저는 다니던 직장이 KBS여서 근처에 있는 학교를 찾다가 고등학교 3학년, 1년만 다녔고요. 3대 발광, 5대 극성이란 말 들어보셨나요? 명성은 5대 극성 중 하나였어요. 근처에 '화광'이라고 적힌 고등공민학교가 있었어요. 남학생들이 기다리고 있어서, 명성여고 학생들은 무서워했어요. 저를 지켜주는 여자친구들이 많았답니다.

신동엽학회원 단톡방에 단서를 공유했고, 연구이사를 맡고 있는 김지윤 평론가가 '화광', '고등공민학교' 등 핵심어로 검색해 1954년 12월 23일 자 『경향신문』 기사와 1960년 4월 6일 자 『동아일보』 기사를 찾았다. 기사 내용을 종합해보니 명성여고 인근에는 화광법인이 세운 일성고등공민학교가 있었으며, 명성여고와는 육교를 만들 수 있을 정도의 폭을 두고 골목 건너편 2층 건물에 있었던 것으로 알 수 있었다. 1964년에 '화광' 측 학생, 교원들이 도끼와 쇠몽둥이를 들고 건설 중이던 육교를 부수려 했다는 내용을 보며, 조순자 명인의 기억을 그대로 신뢰할 수 있었다. 우리가 답사한 관수동 102-1번지가 명성여고의 터인 것도 확실해 보였다.

명성여고가 있던 종로구 관수동을 배경으로 한 시가 여러 편 있는데, 그중 「서울」에는 "그러나 나는 서울을 사랑한다 / 지금쯤 어디에선가, / 고향을 잃은 / 누군가의 누나가, 19세기적인 사랑을 생각하면서 // 그 포도송이 같은 눈동자로, 고무신 공장에 / 다니고 있을 것이기 때문에. // 그리고 관수동 뒷거리 / 휴지 줍는 똘마니들의 부은 눈길이 / 빛나오면, 서울을 사랑하고 싶어진다"라는 부분이 있다. 이 시에서 주간에는 공장에서 일하고 야간에는 학교에서 공부하는 여학생들과, 관수동 뒷골목에

옛 명성여고 터로 추정되는 관수동의 뒷골목 풍경과
명성여고 졸업앨범 속 운동장에서의 체육시간 모습

즐거운 体育時间

이 세상에 나온 것들의 고향을 생각했다

자주 출몰하는 넝마주이를 바라본 야간부 교사 신동엽의 시선을 느낄 수 있다. 이는 단순히 불쌍한 누군가를 바라보는 연민의 시선이 아니었다. 60년대 명성여고가 있던 청계천변, 관수동 뒷골목에는 "고무신 공장"을 다니는 여자와 "휴지 줍는" 넝마주이들이 많았다. 누군가는 그들을 애처롭게 바라보았지만, 신동엽은 이들에게서 남모를 성장의 '늘메기' 울음을 듣고, 서울을 갈아엎을 만한 혁명의 '눈동자'를 보고 있었다. 답사를 간 날에도 21세기 넝마주이를 볼 수 있었다.

2019년 6월 15일, 명성여고 터에서 해설을 맡은 김지윤 평론가의 글을 일부 옮긴다.

신동엽 시인께서는 학생들에게 인기 교사이셨고, 깊이 있는 내용을 성심으로 가르치셔서 당시 배웠던 많은 학생들이 잊지 못하고 참된 스승으로 기억하고 계십니다. 신동엽 시인께서는 사실 전주사범 재학 시절부터 늘 교사의 꿈을 간직해 오셨는데, 결국 명성여고에서 그 꿈을 이루고 펼치실 수 있었습니다.

김응교 선생님께서 쓰신 신동엽 평전에 보면 명성여고 임용 직전에 있었던 흥미로운 일화가 실려 있습니다. 시인께서 가끔 지나치던 명성여고에 가서 그간 발표해 온 시 작품을 정리한 스크랩

북을 교장에게 전달했는데, 이 시편들을 읽으신 교장 선생님께서 깊은 감명을 받으셨던 것인지 이 인연으로 신동엽 시인께서 이 학교 야간부 국어교사로 특별 채용되게 되었던 것입니다.

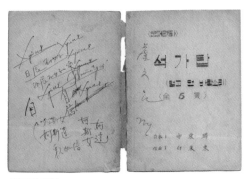

〈석가탑〉 대본

해설을 마무리하며, 9월 6, 7일에 공연되는 입체낭독극 〈석가탑〉의 소식을 안내했다. 신동엽학회에서는 신동엽 시인이 1968년에 올렸던 오페레타 〈석가탑〉을 51년 만에 다시 공연하는 계획을 추진하고 있었다. 작년에 신동엽 문학관에 소장된 『석가탑(멀고 먼 바람소리)』 필경등사본을 발견하고 공연 당시의 팸플릿에 정리된 '노랠 따라가 본 오페렛타' 부분과 비교하면서, 『신동엽 산문전집』에 실린 「석가탑」보다는 필경등사본이 최종 대본에 더욱 가깝다고 추정했고, 이를 공연으로 올리겠다는 목적으로 지원하여 한국문화예술위원회 공모사업에 선정된 상태였다. 1968년도 출연진과 제작진의 구성방식을 따라서 이번에도 전 명성여고인, 현 동국대부속여고 학생들이 배우로 출연하기로 했다. 1968년에는 배우 문오장이 연출을 맡았다면 올해는 배우 김진곤이 연출을 맡고, 작곡가 백병동이 19곡의 음악을 작곡했다면, 올해는 가야그머 정민아가 10곡의 음악을 작곡했다. 기획 초기에는 백병동 작곡가의 악보가 19곡 중 ②〈그렇습니다〉와 ⑦〈가랑잎 소리에도 놀래요〉 2곡만 남아 있었다. 때문에 현실적으로 오페레타를 올릴 수 없었고, 대신 노래와 춤을 포함한 입체낭독극 형식을 선택해야 했다.

공연을 준비하며 1969년도 명성여고 졸업앨범에서 찾은 공연 사진, 그리고 부여 신동엽문학관에 소장된 공연 팸플릿과 필경등사본을 많은 사람들이 쉽게 접할 수 있도록 책자로 엮고자 출판사를 수소문했다. 다행히 2018년에 서사시 「금강」을 함께 강독한 박길수 대표(도서출판 모시는사람들)가 책을 발간해 주기로 했는데, 팸플릿에 수록된 단 1곡의 악보라도 저작권자의 협의를 거쳐야 한다고 해서 백병동 작곡가를 찾아뵙게 되었다. 이때까지만 해도 오페레타 악보의 존재는 생각하지 못했었다.

서울 지역 문학기행의 하루 전, 백병동 작곡가의 작업실을 방문했다. 30분 정도 대화를 했고 팸플릿에 실린 1곡의 악보에 대한 저작권을 상의하기 위해 조심스럽게 계약서를 내밀었다.

이 악보는 내가 그린 게 아니에요. 음악을 모르는 사람이 대신

1968년 오페레타 〈석가탑〉 공연 모습

위에서부터 아사녀와 마래, 나리
아사달
공군교향악단의 오케스트라 협연 장면

그려 넣은 것 같군요. 기다려보세요. 악보가 어디 있을 겁니다.

신동엽 시인의 아내인 인병선 여사께서 전시 목적으로 악보를 달라고 했는데 거절하셨다면서, 51년 동안 보관해온 피아노 반주를 위한 육필 악보를 꺼내주셨다. 나중에 알게 된 사실인데 백병동 작곡가는 1968년도 오페레타 악보를 제외한 자신의 모든 자료를 한국문화예술위원회에 기증하신 것으로 알려져 있었다. 백병동 작곡가는 1968년에도 굉장히 큰 무대였다며 다시 공연한다고 해서 놀랐다고 말씀하셨다. 오래전 인연을 천천히 회상하셨다.

정건모 화백을 통해 신동엽 시인을 만났어요. 나는 서울여상에서 음악교사를 하고 있었고, 정건모 화백은 미술교사를 하고 있었지요. 명성여고에서 국어교사를 하고 있던 신동엽 시인을 만나서 셋이서 자주 어울렸습니다. 나는 술을 못 마시는데 정건모 화백은 술을 아주 좋아했고, 신동엽 시인도 술을 조용히 잘 마셨어요.

신동엽 시인이 먼저 제안하지 않았다면 19곡이나 되는 악보를 작곡할 생각은 못 했을 겁니다. 젊었으니까, 패기가 있었지요. 학생들이 노래를 불러야 했기에 단순하면서도, 상투적이지 않게 하려고 고민했습니다. 반 년 이상 열정적으로 작업했어요. 오케스트라 풀버전으로 작업한 악보는 공군교향악단에 건네준 것 하나 있었는데, 돌려받지 못했네요.

혹시라도 이 악보가 백병동의 음악세계를 말하는 자료처럼 여겨지진 않았으면 좋겠다고 웃으며 말씀하셨다. 받은 악보에는 19곡뿐 아니라 배경음악까지 작곡되어 있었다. 악보의 종이 상태는 낡지 않고 매우 좋았기에, 개인 디지털카메라로 접사촬영을 끝내고 기회가 되는 대로 스캔 작업을 할 수 있도록 성북문화재단에 정보를 알려주었다.

공연용 최종대본을 51년 만에 발견한 상태에서 행방조차 알 수 없다가 뒤늦게 백병동 작곡가의 육필 악보를 받아 매우 격앙됐지만, 적은 예산으로 입체낭독극 공연을 올리는 것도 무리인 가운데 19곡의 피아노 악보 122쪽을 디지털화하고 연주하여 녹음하는 과정을 도저히 감당할 수 없었다. 음악감독을 맡은 정민아 가야그머와 상의하여 처음부터 새로 악보를 작곡하기로 과감하게 결정해야 했다. 도서 발간에 있어서도 19곡을 전부 수록할 수 없는 형편이었기에 백병동 작곡가께서 골라주신 〈새 성인 나시네〉, 〈가랑잎 소리에도 놀래요〉, 〈멀고 먼 바람소리〉

의 3곡만 싣기로 했다. 아쉬움이 컸지만, 현실적 조건을 고려한다면 어쩔 수 없는 선택이었다고 스스로 달랬다.

공연일이 가까웠다. 태풍 '링링'의 영향 때문에 관람을 취소하는 분이 많았으나, 더불어 서서라도 보고 싶으니 대기명단에 올려달라는 분들도 많았다. 그중에는 19회 명성여고 졸업생 4분이 있었는데, 인터넷 접수 창에서 만석을 확인하고 몇 좌석을 추가로 예약할 수 없겠느냐고 문의했다. 그렇잖아도 이 공연을 기획하면서 1968년에 오페레타 〈석가탑〉을 공연한 (지금은 어르신이지만) 학생들과 연이 닿아서, 2019년도 입체낭독극 〈석가탑〉을 공연하는 학생들과의 만남을 기대하고 있었다.

68년도 중학교 2학년 때 우리 선배 언니들이 오페레타로 하는 거 봤거든요. 다시 한번 봐서 너무 북받치면서 친구들이 보자 해서 오게 됐어요.

신동엽 시인이 명성여중 학생들을 가르치지 않아서 당시 중학생이던 백귀혜 님은 시인의 수업을 직접 듣지 못했고, 신동엽 시인이 유명한지도 몰랐다면서 항상 고개 숙인 채 조용히 운동장을 걷던 시인의 모습을 떠올렸다. 선배 언니들이 화려하게 의상 입고 부르는 노래들이 너무 아름다웠다면서, 노래는 다르지만 동국대부속여고 학생들이 부른 노래도 아름다웠다며 관객과의 대화 때 관람 소감을 전했다.

2회차 공연이 끝나고, 조금은 예상했던 항의를 받았다. 백병동 작곡가의 악보를 어떻게 하나도 연주하지 않을 수 있느냐며 아쉬워했다. 백병동 작곡가께 양해를 구하고 새로 작곡을 했지만, 내내 마음에 걸렸던 부분이었다. 육필 악보를 활용해 입체낭독극 〈석가탑〉으로 공연 올리려 했으나, 연습 기간과 예산상 여의치 않아 활용하지 않게 되었다고 말씀드리니, 백병동 작곡가는 본인 생전에 뮤지컬로 다시 공연되는 날이 있었으면 좋겠다고 작은 희망을 말씀했다. 언젠가 예산이 마련되면 백병동 작곡가의 제자 분을 통해 뮤지컬 곡으로 편곡하여 진행해 보겠다고 답했으나, 기약 없는 약속을 한 셈이었다.

2018년 팟캐스트와 2019년 입체낭독극을 기획하면서 우연히 1960년대 시인의 사라진 흔적들을 만날 수 있어 기뻤다. 남은 아쉬움이라면, 백병동 작곡가의 피아노 연주에 맞춰 오페레타 〈석가탑〉의 공연을 시도하지 못한 것이다. 1968년 신동엽의 문학과 백병동의 음악이 어떻게 어울리는지를 경험하고 싶었다. 현재까지도 창작 오페레타가 많지 않은 한국문학사와 음악사에서 백병동 작곡가의 악보를 홀로 즐길 수는 없는 일이었다. 과거의 모든 인연이 겹쳐져서 오늘날까지 왔던 상황을 생각하면, 2020년에 공연을 볼 수 있을지 모르겠다는 희망을 갖게 된다. 만약 그렇다면 신동엽을 만나는 자리에 신동엽이 사라지면서, 예술가들과 모든 학교의 학생들이 다시 한번 어울리는 기적을 체험할 수 있을 것 같았다. 생각해본다. 신동엽의 탁월함은 1960년대 문단을 대표하는 참여시인으로서 우상화되기보다는, 특정 권위를 느끼지 못할 만큼 존재감이 희미해진 신동엽의 자리에서 여러 사람들이 함께 어울리게 하는 효과를 가져오는 데 있지 않을까. 그런 세계를 우리는 꿈꾸고 있다. 그래야 신동엽이 야간부 국어교사로서 진정 지켜주고 싶은 학생들의 미래가 영원히 이어질 테니까. (이대성)

서울시청 부근
『아사녀』 출판기념회와 서울시청 앞

신동엽 시인은 1963년 3월 첫 시집 『아사녀』(문학사)를 출간했다. 이 시집에는 「이야기하는 쟁기꾼의 대지」, 「진달래 산천」, 「아니오」 등 총 18편의 시가 수록되어 있으며, 시집의 가격은 120원이었다. 시집의 사족에서 신동엽 시인은 스무 살 때의 시편인 「나의 나」와 서른 전후의 방랑과 군대생활을 담은 시편들이 포함되어 있음을 밝힌다. 더불어 그 시편들에 아쉬움을 표하고 있다. 훗날 신동엽 시인은 목포 여행을 하다가 한 서점에 들렀다. 그곳에서 마침 시집 『아사녀』를 보았는데, 서점 주인은 시집이 한 권밖에 남지 않았다고 했다. 시집에 대한 당시 반응이 어떠했는지 짐작할 수 있는 일화이다.

1963년 3월 22일 서울시청 프라자호텔 앞에 있는 중식당 '대려도大麗都'에서 출판기념회가 열렸고, 신동엽 시인의 지인

왼쪽부터 반도호텔, 원구단, 대려도(1962년 4월 28일 거리 정화 캠페인 시민헌장대회 풍경)

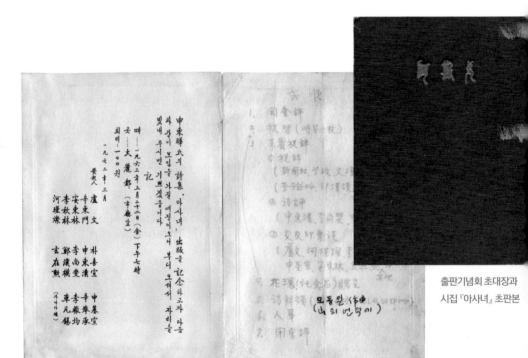

출판기념회 초대장과
시집 『아사녀』 초판본

서울시청 지도

들은 시집 출간을 축하하기 위해 함께 모였다. 서울시청 앞은 1960년 4·19의 목소리가 하나로 모였던 곳이다. 이승만 정권의 장기 집권에 반대하고 민주주의를 쟁취하려는 민중이 총칼의 힘에 굽히지 않고 투쟁했던 곳이다. 4·19의 정신과 희생된 민중을 기리는 것은 시집 『아사녀』의 가장 큰 주제다. 신동엽 시인이 출판기념회 장소를 서울시청 앞에 마련한 데는 그만큼 의미가 있는 것이다.

출판기념회의 자리를 마련한 발기인發起人은 총 14인으로, 노문盧文·박희선朴喜宣·신기선申基宣·신동문辛東門·신동한申東漢·신봉승辛奉承·안동림安東林·이상섭李尚燮·이철균李轍均·이추림李秋林·정한모鄭漢模·차범석車凡錫·하근찬河瑾燦·현재훈玄在勳이었다.

이들은 각자 신동엽 시인과 특별한 관계에 있거나, 역사와 사람을 바라보는 시선이 신동엽 시인과 다르지 않았다. 월북 및 납북작가 해금에 공로를 세운 정한모 시인은 고향이 부여로 신동엽 시인과 동향이었다. 신동문 시인은 신동엽 시인과 같이 4·19 정신을 시에 담은 대표작가이다.

한국전쟁 중 한동안 부여에서 경찰로 근무했고 훗날 고등학교 교사로 활동했던 노문은 청년 시절 신동엽과 문학 동인을 함께 하였고, 신동엽 시인의 일대기를 작성하는 데 중요한 정보를 2006년, 유족에게 보내기도 하였다.

신동엽 시인이 '한국전쟁 중 지리산으로 패퇴하는 인민군부대와 함께 생활하며 한 달 정도 빨치산 생활을 했다'는 내용의 글을 전달한 것이다. 이후 노문은 「석림 신동엽 실전 연보」에 "신동엽은 공산주의자도 아니고, 빨치산도 아니다. 그는 무정부주의자며, 니힐리스트였다. 그는 '세련된 사회주의'를 꿈꾸던 이상주의자일 뿐"이라고 생각을 서술한 바 있다. 이 글에서 노문은 자신의 글을 신동엽 시인의 유족에게 보내기 망설였고, 미안한 마음을 가졌다고 밝혔다. 14인의 지인이 마련한 시집 『아사녀』 출판기념회의 사회는 훗날 극작가가 된 신봉승辛奉承이 보았고, 동료 시인이 시 「산에 언덕에」를 낭송하였다.

이 시는 4·19혁명 때 희생된 영혼을 추모하는 내용으로, 1970년 신동엽 시인 1주기를 기념하여 노래로 만들어졌다. 시인은 4·19혁명을 위해 소리치고 노래하다 쓰러진 민중을 그리워한다. 그들의 모습을 볼 수 없는 현실은 쓸쓸하지만, 쓰러진 민중의 영혼이 다시 피어날 것을 믿기에 신동엽 시인은 절망하지 않았다. 이런 의미를 알고 있었기 때문에 「산에 언덕에」의 낭송이 끝난 후 출판기념회장은 가슴 저린 고요에 휩싸였다.

시집 『아사녀』는 4·19를 중심으로 한 역사의식과 함께 1960년대 근대화의 이면을 담고 있다. 독재개발로 인해 사라진 풍경과 사람, 그들의 정을 그리워한다. 『아사녀』 이후 1960년대의 시에도 도시근대화를 비판하면서 자연을 찾는 모습이 나타난다.

시 「서울」에서 신동엽 시인은 개발의 도시로 바뀐 서울의 이면을 안타까운 시선으로 바라본다. 전통을 뒤로 한 채 문명을 우선시하고 일본에 굽신거리는 서울의 모습을 비판한다. 그렇다고 시인이 서울을 싫어하는 건 아니다. 그는 서울을 사랑한다. 여기에 한 가지 바람을 말한다. 노동자와 뒷골목을 떠도는 사람들에게 빛이 들기를 말이다. 사회 주변부의 힘든 삶까지 개선되는 시간을 시인은 "그날"이라고 말한다.

그렇다면 신동엽 시인에게 '그날이 온다'는 것은 어떤 의미일까. 시인의 담론에서 인용하자면 "그날"은 4·19 정신이 실현되고, '귀수성의 세계'가 도래한 때이다. 인간은 대지에서 비롯된 생명이건만, 작위적이고 부조리하며 광기적인 개발을 하면서 서로 위태로운 동업 관계를 맺고 있다. 그들에게 남아 있는 것은 경쟁과 파괴뿐이다. 대지를 이탈한 문명인, 이런 상황에서 시인이 할 일은 생명과 뿌리가 되는 정신을 시로 구현하는 것이다. 중심이 되지 못하고 흩어져 있던 예술, 종교, 정치, 문학, 철학 등을 정신에 집결시켜 '귀수적 지성'을 실천해야 한다.(신동엽,「시인정신론」) 민주이념을 소리 높여 외친 4·19혁명의 정신은 신동엽 시인에게 '귀수성의 세계'였다.

싸락눈이 날리다 멎은 일요일.
북한산성 길 돌 틈에 피어난
들국화 한 송이 구경하고 오다가,

샘터에서 살얼음을 쪼개고 물을 마시는데
눈동자가, 그 깊고 먼 눈동자가,
이 찬 겨울 천지 사이에서 나를 들여다보고 있더라.

또 어느날이었던가, 광화문 네거리를 거닐다 친구를 만나 손목을 잡으니 자네 손이 왜 이리 찬가 묻기, 빌딩만 높아가고 물가만 높아가고 하니 아마 그런가베 했더니 지나가던 낯선 여인이 여우 목도리 속에서 웃더라.

나에게도 고향은 있었던가. 은실 금실 휘황한 명동(明洞)이 아니어도, 동지(冬至)만 지나면 해도 노루 꼬리만큼씩은 길어진다는데 금강 연안 양지쪽 흙마루에서 새 순 돋은 무를 다듬고 계실 눈 어둔 어머님을 위해 이 세모(歲暮)엔 무엇을 마련해 보아야 한단 말일까.

문경새재 산막(山幕) 곁에 흰떡 구워 팔던 그 유난히 눈이 맑던 피난(避難) 소녀도 지금쯤은 누구 그늘에선가 지쳐 있을 것.

꿀꿀이죽을 안고 나오다 총에 쓰러진 소년, 그 소년의 염원이 멎어 있는 그 철조망 동산에도 오늘 해는 또 얼마나 다숩게 그 옛날 목화단 말리던 아낙네 입술들을 속삭여 빛나고 있을 것인가.

어드메선가 세모의 아침이 열리고 있을 것이다.
화담(花潭)선생의 겨울을 그리워 열두 폭 치마 아무려 여미던 진

이의 체온으로, 그 낭만들이 뿌려진 판문점 근처에도

　아직 경의선은 소생되지 못했지만

　서서히 서리 아침이 열리고 있을 것이다.

　조용히 한강 기슭이라도 산책하련다. 이 세모에 어느날이었던 가. 비밀의 연인끼리 인천 바다 언덕 잔디밭에 불을 질러놓고 오버 깃 세워 팔짱 끼던 그 말 없던 표정들처럼.

　나도 먼 벌판을 조용히 산책이나 하며 김 서린 한해 상처들이나 생각해 보아야지…….

　　　　　　　─ 신동엽, 「진이(眞伊)의 체온」 전문(『동아일보』, 1964.12.19)

　한국전쟁과 4·19의 역사적 사건이 휘몰아치고 간 뒤, 어느 날 시인은 산에 올랐다가 샘터에서 살얼음을 깨고 물을 마신다. 그 러다 문득 물 속에서 "깊고 먼 눈동자"가 자신을 바라보고 있음을 느낀다. 이 지점에서 신동엽 시인과 비슷한 시대를 살았던 윤동 주 시인의 시 「자화상」이 떠오르는 건 자연스러운 연상이리라.

　산모퉁이를 돌아 논가 외딴 우물로 홀로 찾아가선 가만히 들여 다봅니다.

우물 속에는 달이 밝고 구름이 흐르고 하늘이 펼치고 파아란 바람이 불고 가을이 있습니다.

그리고 한 사나이가 있습니다.
어쩐지 그 사나이가 미워져 돌아갑니다.

돌아가다 생각하니 그 사나이가 가엾어집니다. 도로 가 들여다보니 사나이는 그대로 있습니다.

다시 그 사나이가 미워져 돌아갑니다.
돌아가다 생각하니 그 사나이가 그리워집니다.

우물 속에는 달이 밝고 구름이 흐르고 하늘이 펼치고 파아란 바람이 불고 가을이 있고 추억처럼 사나이가 있습니다.

― 윤동주, 「자화상」 전문(『정본 윤동주 전집』, 문학과지성사, 2004)

두 시인 모두 맑은 물에 비친 자신의 얼굴을 본다. 윤동주 시인은 우물 속 자신의 얼굴을 보고 '밉다, 가엾다, 그립다' 말하지만, 신동엽 시인은 차가운 눈빛이 자신을 보고 있다고 한다.

윤동주 시인이 자신의 정체성에 갈등하면서 내면의 변화를 보인다면, 신동엽 시인은 자신을 대하면서 더욱 냉철하고 담담해지는 모습을 보인다. 윤동주 시인이 일제 강점기를 살아가는 자신의 태도를 성찰하고 한편으로 연민을 가진다면, 신동엽 시인은 전후와 독재의 현실에서 자신이 어떤 시인으로 살아야 하는지 고민하고 성찰한다. 신동엽 시인은 어려서부터 산에 가길 즐겼다. 그곳에서 만나는 자연과 사람들을 좋아했고, 맑은 생명의 기운을 받곤 했다.

> 씨근덕거리면서 꾸준한 땀방울 끝에 그 정상을 정복하여 거기 두 발을 버티고 올라서서 바람을 천천히 마셔보는 그 맛, 그 멋. 한 번 마실 때마다 10년, 아니 천리만리 멀고 먼 역사며 영감(靈感)이며 추억이며 생령(生靈)들이 내 피 속을 속속들이 스며들어와 굽이쳐가는 것만 같은 그런 느낌이 드는 것이다.
>
> ─신동엽, 「산, 잡기」 부분(강형철·김윤태 편, 『신동엽 산문전집』, 창비, 2019)

산행을 통해 생명의 힘을 깨달을수록 신동엽 시인은 경건해지고 숙연해졌다. 광화문 네거리에서 만난 친구가 "자네 손이 왜 이리 찬가" 묻는다. 4·19의 뜨거운 목소리로 가득하던 광화문 네거리기에, 그곳에 함께 있던 친구이기에 시인의 손이 차가움을 의아해한다. 그러나 시인도 친구도 이제는 생활을 걱정해야 한다. 시 「진이의 체온」은 서화담徐花潭을 그리워하며 일생을 홀로 살았던 황진이의 이야기를 모티프로 한 시다. 서울 거리를 거닐며 지난 시간을 돌아보고 상처를 이야기하는 사람들의 마음, 그것을 황진이가 서화담을 그리던 마음과 비할 수 있을까. 해가 바뀌었으니 고향에 계신 어머니께 무언가 마련해 보내야 한다는 부담감, 전쟁과 분단으로 궁핍한 생계를 이어가는 사람들의 어둠 뒤에 "아침"이 오리라 기대하는 시인의 바람을 황진이의 따스한 "체온"으로 옮길 수 있을까.

가족에게는 자상한 남편이고 아버지였으며 역사와 사회와 시를 위해선 냉철한 이성의 소유자였던 신동엽 시인, 그는 민주주의를 외치다 쓰러진 민중을 위해 시인으로서 쏟아야 할 지성과 고독을 주저하지 않았다.

아름다운
하늘 밑
너도야 왔다 가는구나
쓸쓸한 세상세월

너도야 왔다 가는구나.

다시는

못 만날지라도 먼 훗날

무덤 속 누워 추억하자.

호젓한 산골길서 마주친

그날, 우리 왜

인사도 없이

지나쳤던가, 하고.

— 신동엽, 「그 사람에게」 전문(『창작과비평』, 1968.여름)

민주주의를 외치며 서울시청 앞에서 만났던 민중들, 버거운 삶을 안고도 사람의 온기를 잊지 않으려 했던 이웃들, 시인에게 언제나 힘이 되었던 사랑하는 가족들 모두 그에겐 "그 사람"이 될 수 있다. 그 사람 중에는 같은 장소에 있으면서 서로 인사하지 못한 사람도 있을 것이다. 같은 하늘 아래서 한 길을 갔던 그 모든 "너"에게 신동엽 시인은 동지애를 표하며 인사한다. 현실은 힘들지만 함께 있었다는 걸 위로한다. 훗날 무덤 속에 누워 함께 추억하자고 말한다. 죽음으로 삶과 역사가 끝이라 생각한다면 이런 인식은 불가능하다. 세상과 사회를 '함께'라는 시선으로 보지 않는다면 "그 사람"은 시인의 사고에 등장할 수 없다.

1967년 발표한 장편서사시 「금강」은 동학농민운동과 3·1운동, 4·19 정신의 맥락을 주제로 한다. 이러한 시적 인식은 첫 시집 『아사녀』에서 비롯한다. 첫 시집을 출간한 이후 신동엽 시인은 역사 현장을 찾아다니면서 시를 쓴다. 1964년에 쓴 「제주여행록」을 보면 서울에서 출발하여 부여와 목포를 경유해서 제주로 간다. 신동엽 시인은 4·3사건을 생각하며 제주를 "가슴 메어지는 곳"이라 했고 "구제받아야 할 땅"이라 했다.

제주4·3사건은 제주도민의 가족 해체와 여성 겁탈, 잔인무도한 무력행사 등 심신의 피해와 후유증을 남긴 역사적 비극이었다. 신동엽 시인은 제주를 관광지로 말할 수 없다고 했다. 이런 역사 인식을 지닌 신동엽 시인이 동학농민운동과 3·1운동, 4·19 정신의 맥락으로 장편 서사시 「금강」을 쓰는 것은 어쩌면 당연한 과정이다. 그는 시인으로서 '귀수성의 세계'를 시에 형상화한 것이다. 시집 『아사녀』에 실렸다가 훗날 「금강」 3장에 삽입된 시 「빛나는 눈동자」의 부분을 인용하면서 첫 시집에 담긴 신동엽 시인의 정신精神을 생각해보고자 한다.

어제

발 버둥히는

수 천 수 백만의 아우성을 싣고

강(江)물은

슬프게도 흘러 갔고야.

세상에 항거(抗拒)함이 없이,

오히려 세상이

너의 위엄(威嚴) 앞에 항거 하려 하도록

빛나는 눈동자.

너는 세상을 밟아 디디며

포도알 씹듯 세상을 씹으며

뚜벅 뚜벅 혼자서

걸어 가고 있었다.

그 아름다운 눈.

너의 그 눈을 볼 수 있는 건

세상에 나온 나의, 오직 하나

지상(至上)의 보람이었다.

그 눈은

나의 생(生)과 함께

내 열매 속에 살아남았다.

그런 빛을 가지기 위하야

인류(人類)는 헤매인 것이다.

정신(精神)은

빛나고 있었다.

몸은 야위었어도

다만 정신은 빛나고 있었다.

—신동엽, 「빛나는 눈동자」 부분(『아사녀』, 문학사, 1963)

(김진희)

종로5가

종삼의 배경학―신동엽 「종로5가」, 서경식 「종로4가」

여행을 떠나듯

우리들은 인생을 떠난다.

이미 끝난 것은

아무렇지도 않다.

― 1969년 4월 7일 시인 신동엽 장례식 때 제자가 낭송했던 서사시 「금강」 7장

신동엽 시가 담고 있는 주제는 좁지 않다. 아름다운 풍경을 그린 서정시도 있고, 남녀 간의 사랑을 그린 애정시도 있으며, 분단된 조국을 아프게 그린 현실적인 시도 있다. 이 중에 사회적인 주제를 담은 시는 거칠지만 두 가지로 나누어 볼 수 있겠다.

첫째는, 전형적典型的인 소재를 선택한 서사시 혹은 장시다.

둘째는, 현실구조의 본질적인 모순을 인식하여 그것을 상징적

으로 지적한 상징시이다. 전자처럼 전형적인 인물과 전형적인 장소를 담고 현실의 모습을 담아낸 대표적인 시로는 「종로5가 鍾路五街」가 있다.

이슬비 오는 날,

종로 5가 서시오판 옆에서

낯선 소년(少年)이 나를 붙들고 동대문(東大門)을 물었다.

밤 열한 시 반,

통금에 쫓기는 군상(群像) 속에서 죄 없이

크고 맑기만 한 그 소년의 눈동자와

내 도시락 보자기가 비에 젖고 있었다.

국민학교를 갓 나왔을까.

새로 사 신은 운동환 벗어 품고

그 소년의 등허리선 먼 길 떠나온 고구마가

흙 묻은 얼굴들을 맞부비며 저희끼리 비에 젖고 있었다.

충청북도 보은 속리산(俗離山), 아니면

전라남도 해남땅 어촌(漁村) 말씨였을까.

나는 가로수 하나를 걷다 되돌아섰다.

그러나 노동자의 홍수 속에 묻혀 그 소년은 보이지 않았다.

그렇지.

눈녹이 바람이 부는 질척질척한 겨울날.

종묘(宗廟) 담을 끼고 돌다가 나는 보았어.

그의 누나였을까.

부은 한쪽 눈의 창녀(娼女)가 양지쪽 기대 앉아

속내의 바람으로, 때 묻은 긴 편지 읽고 있었지.

그리고 언젠가 보았어.

세종로 고층건물 공사장,

자갈지게 등짐하던 노동자(勞動者) 하나이

허리를 다쳐 쓰러져 있었지.

그 소년의 아버지였을까.

반도(半島)의 하늘 높이서 태양(太陽)이 쏟아지고,

싸늘한 땀방울 뿜어낸 이마엔 세 줄기 강물,

대륙의 섬나라의

그리고 또 오늘 저 새로운 은행국(銀行國)의

물결이 뒹굴고 있었다.

남은 것이 없었다.

나날이 허물어져 가는 그나마 토방 한 칸.

봄이면 쑥, 여름이면 나무뿌리, 가을이면 타작마당을 휩쓰는 빈

바람.

변한 것은 없었다.

이조(李朝) 오백 년은 끝나지 않았다.

옛날 같으면 북간도(北間島)라도 갔지.

기껏해야 뻐스길 삼백 리 서울로 왔지.

고층건물 침대 속 누워 비료광고(肥料廣告)만 뿌리는 그머리 마을,

또 무슨 넉살 꾸미기 위해 짓는지도 모를 빌딩 공사장,

도시락 차고 왔지.

이슬비 오는 날,

낯선 소년이 나를 붙들고 동대문(東大門)을 물었다.

그 소년의 죄없이 크고 맑기 만한 눈동자엔 밤이 내리고

노동으로 지친 나의 가슴에선 도시락 보자기가

비에 젖고 있었다.

—「종로5가」,『동서춘추』(1967.6)

이 시는 국민학교를 갓 나온 듯한 소년이 종로5가에 서서 비에 젖어 있는 화자話者에게 동대문이 어디인가를 묻는 질문에서 시작한다. 이 소년은 "봄이 가고 여름이 오면 부황 든 보리죽 툇마루 아래 빈 토끼집"에 "머리 쥐어뜯으며 쓰러져 있는"(「주린 땅의 지도원리」) 어린 동생일 수도 있고, "눈이 오는 날" "쓰레기통을 뒤"지다 미군의 총에 맞아 죽은 어린 소년일 수도 있다. 중요한 것은 이 소년에게 "맑고 큰" 눈동자가 있고, 시인은 이 소년을 빌려 모순된 사회를 딛고 대두하는 민중 세력의 씨앗을 제시하고 있다는 사실이다.

'종삼鍾三'의 배경

「종로5가」에는 소년과 더불어 두 사람이 더 등장한다. 소년의 아버지일지 모르는 허리 다쳐 쓰러진 노동자, 소년의 누이일지 모를 부은 한쪽 눈의 창부娼婦이다.

그렇지.

눈녹이 바람이 부는 질척질척한 겨울날.

종묘(宗廟) 담을 끼고 돌다가 나는 보았어.

그의 누나였을까.

부은 한쪽 눈의 창녀(娼女)가 양지쪽 기대 앉아

속내의 바람으로, 때 묻은 긴 편지 읽고 있었지.

"종묘 담을 끼고 돌다가" 화자는 "부은 한쪽 눈의 창녀"를 본다. 왜 한쪽 눈이 부은 창녀일까. 잠을 못 잤다면 양쪽 눈이 부었을 텐데, 한쪽 눈이 부었다면 눈병이 걸렸거나, 아니면 누군가에게 폭행당했기 때문일 것이다. 그런데 이 창녀는 왜 "종묘 담" 근처에 있을까.

이 시가 발표되던 1967년의 종묘 앞에는 2천 채가 넘는 판잣집과 사창가가 뒤섞여 슬럼을 이루고 있었다. 종묘와 사창가. 전혀 어울리지 않는 조합이지만 외람스럽게도 한국전쟁 이후 20년 동안 종묘 앞에는 '종삼鍾三'이라는 이름의, 세계 최대규모의 집창촌이 기생하고 있었다.

1966년 그때로 되돌아가 보면 종묘 앞에서 대한극장에 이르는 너비 50미터, 길이 1킬로미터에 무려 4만 9,586제곱미터(약

1만 5,000평)의 공지에 2,200여 동의 무허가 판잣집과 집창촌이 자리 잡고 있었다. 판잣집이라기보다 천막집이라는 표현이 더 맞을지도 모른다. 세운상가가 들어선 바로 그 자리다. 청량리의 '588', 인천의 '옐로우 하우스'와 함께 '종삼'은 당시 대표적인 사창가였다.

1968년 '종삼'을 정리하려는 '나비 작전'이 펼쳐졌을 때 '종삼'의 범위는 종로3가와 4가, 단성사 뒷골목, 종묘 앞 일대를 중심으로 낙원동, 봉익동, 훈정동, 와룡동, 묘동, 권농동, 원남동은 물론이고 길 건너 남쪽의 관수동, 장사동, 예지동까지 암세포처럼 퍼져 있었다.

당시 서울시가 현재의 낙원상가부터 종로5가까지 조사해보니 윤락여성이 1,368명, 포주가 11명, 바람잡이가 170명에 이르렀다고 한다. 이 지역은 낙원동 등 고급 한옥지구, 종묘 앞 등 하급 무허가 건물지대, 최하급 종묘 건너편 소개도로 터 등 3등급으로 분류됐다. 이 지역을 현장 답사하던 김현옥 시장과 중구청장 일행에게 윤락여성이 접근해 유객 행위를 했다는 웃지 못할 에피소드도 있다.

"추워요. 나를 따뜻하게 안아줄 수 있는 혼자 온 남자 손님 없나요? 안아만 주면 돼요. 돈은 필요 없어요"라는 대사는 근대

위 : 종삼(종로 3가)으로 불렸던 종묘 집창촌
아래 : 〈영자의 전성시대〉 포스터와 밤 10시 이후 미성년자 출입을 금하는 알림판

화에서 소외된 인물의 아픈 상처를 보여준다. 영화 〈영자의 전성시대〉(감독 김선호, 조선작 원작, 1975)에서 버스 차장을 하다 사고로 팔이 잘려 영자가 몸을 파는 곳이 바로 '종삼'의 골목이다. 아직도 주변 골목에 그 흔적이 일부 남아 있다. 3년간 월남에 파병되어 전쟁터에서 지내다가 돌아온 창수는 3년 전 사랑했던 영자를 경찰서 보호소에서 만난다. 영자와 창수는 1970년대 밑바닥 인생들의 서글픈 전형典型을 보여준다.

바로 이러한 시기에 신동엽은 자신의 시에 노동자, 이농소년, 창녀라는 전형적인 세 인물을 등장시켜, 1950~1960년대의 사회문제로 중요하게 지적되어온 도시빈민 문제를 담아내고 있다. 그런데 단지 거리를 방랑하는 가난한 자들의 묘사와 그들에 대한 연민만으로 리얼리즘이 가진 진실성의 높이에 도달하기는 어렵다. 이때 현실에 대한 열정 이상으로 시인이 시에 쏟아 붓는 시 언어에의 열성은 중요하다.

그런데 당시 '종삼'을 본 것은 시인 신동엽이나 소설가 조선작, 최인호만이 아니었다. 자이니치在日 작가 서경식이 고등학교 3학년 때 개인 소장판으로 낸 시집 『8월』에 「종로4가」라는 시가 실려 있다.

서울의 밤은 어둡다

쉰내 나는 길 밀감빛 가로등 아래서

내 소매를 잡아끌고

놀라서 잔걸음 치는 내 등 뒤에서

지금 히스테릭한 웃음을 쏟아내는 너

종로4가에 사는 여인아

조금만 더 기다려다오

차디찬 온돌방 구석에서

네가 늘어놓는 신세타령에

나도 귀를 기울이고 싶지만

종로4가의 여인아

조금만 더 기다려다오

나는 아직 열여섯도 못 되었으니

(서울의 밤은 어둡다)

지금은 그것으로

내 창백한 머릿속이 꽉 차 있다

— 서경식, 「종로4가」(1968) 전문(『시의 힘』, 현암사, 2015)

조국을 찾아왔던 15세의 서경식이 본 "서울의 밤은 어둡다"(1, 14행)였다. 나는 2015년 2월 10일 서경식 저서 『시의 힘』 북콘서트를 진행하면서 선생께 물었다.

김응교 선생님, 이 시가 재미있었어요. 처음 창녀를 보고 아픔을 느끼면 시인이 된다는 말이 있죠. 어머니와 같은 높은 존재로 보이던 여성이 몸을 파는 창녀가 된다는 사실은 큰 충격이지요. 발터 벤야민은 유년 시기에 거리의 창녀를 보고 계급적 차이와 아픔을 느꼈습니다. 벤야민은 창녀에 대해 생각하며 프롤레타리아 문제에 대해 처음 인식하지요. 시인 이상은 금홍이를, 시인 백석은 자야를 보고 전혀 다른 차원의 시인이 됩니다. 선생님도 이 나이에 세계를 인식하고 시인의 길에 들어선 것이 아닐까요?

서경식 그렇다고 볼 수도 있구요. 역시 디아스포라적인 면이 있지요. 그래도 지금은 우리말로 얘기하고 있는데요. 그때는 한마디도 못하는 상태였어요. 열다섯 살 그때는 우리말을 못해서 신세타령을 해도 대화할 상대가 없는 겁니다. '조금만 더 기다려다오'라는 말은 내가 우리말도 배우고 나이가 들면 대화하고 싶다는 뜻이지요.

김응교 그러니까 낮은 자, 주변인에 대한 관심은 이때부터 이미 있는 것이죠.

서경식 그래요. 열다섯 살 때 한국에 처음 갔다가 낙원상가 근처에 친척이 살아서 그 집에서 지냈는데 거기서 '종삼'에 대한 이야기를 들었어요.

김응교 '종삼'이라는 단어에 대해 나중에 어떤 생각을 하셨나요?

서경식 김지하 시인의 「서울로 가는 길」 같은 시를 읽고, 당시 1970년대 한국의 이농현상에 대해서 알게 되었어요. 그리고 시골에서 온 어린 소녀들이 여공이 되고, 버스 안내양이 되거나, 사창가에 간다는 사실을 알게 되었어요. '종삼'이라는 단어는 바로 그 시대의 아픔을 드러내는 단어라는 것을 그때 알았지요.

소년을 찾아서

자이니치 소년 서경식은 '종삼'의 여인과 대화하고 싶어 했다. 신동엽 시 「종로5가」에 등장하는 소년은 어떠한 소년일까.

소년이 갖고 있는 도시락에는 "먼 길 떠나온 고구마가 / 흙 묻은 얼굴들을 맞부비며 저희끼리 비에 젖고 있었다." 이 표현에는 당시 이농현상이 도시빈민을 형성하고 있는 풍경이 상징적으로 재현되고 있다.

여기서 그는 부자연스러운 이미지나 비유의 사용을 억제하면서 산문적인 리듬을 사용하고 있다. 구체적으로 상황을 많이 제시하고 있는 이 시는 등장인물의 개별적이며 전형적인 특성을 잘 표현하고 있다. 이 서정시는 서사적인 객관성을 토대로 하여 운문성韻文性이 갖고 있는 약점을 극복하고, 현실세계를 정확하게 반영하는 미를 갖고 있다.

그런데 여기서 이 소년은 누구일까. 소년은 단지 한쪽 눈이 부은 창녀를 등장시키기 위한 보조적 인물에 불과할까. 마지막 연을 읽어보자.

이슬비 오는 날,
낯선 소년이 나를 붙들고 동대문(東大門)을 물었다.
그 소년의 죄없이 크고 맑기만 한 눈동자엔 밤이 내리고
노동으로 지친 나의 가슴에선 도시락 보자기가
비에 젖고 있었다.

화자를 붙들고 동대문을 묻고 있는 이 낯선 소년, 시골에서 서울로 올라온 이 소년은 1970년대를 열어가는 새로운 노동 계층의 등장을 말할 것이다. 1960년대 말 청계천 평화시장에서는 열네 살부터 아직 스물이 안 된 청소년들이 닭장처럼 좁은 공간

에서 천 먼지를 마시며 미싱 시다를 하고 있었다. 삼백여 명의 아이들이 몇 시간에 십여 분 주어지는 한 번의 휴식시간에 두어 칸밖에 없는 화장실에 뛰어가 오줌 누기를 기다리다가, 다시 종이 치면 미처 소변을 보지 못하고 미싱 시다를 하다가 바지에 오줌을 싸고, 그 오줌이 피부병을 일으키고 습진으로 고생하며 살아야 했던 시대였다. 빗물이 아니라 자기 오줌에 젖은 채 미싱을 돌려야 했던 소년들이 이 시대에 있었다.

신동엽이 알았을 리 없지만 우리는 전태일 같은 인물을 떠올리게 된다. 이 시가 발표되었을 때 전태일은 19살의 청년이었다. 청계천 평화시장에서 시다와 제봉사로 일하면서 '바보회'를 만들어 억압된 노동 환경을 개선하고자 했던 청소년이었다. 자기 돈 30원으로 풀빵 열댓 개를 사서 소년들에게 나누어주고 쌍문동 판잣집까지 뛰어가곤 했던 전태일, 이 시를 읽을 때마다 당시 전태일 또래의 아이들 모습과 아스라이 겹쳐지곤 한다. "먼 길 떠나 온 고구마가 / 흙 묻은 얼굴들을 맞부비며 저희끼리 비에 젖고 있었다"는 표현은 바로 이러한 소년들의 상징이 아닐까.

신동엽은 시대의 모순을 바르게 보고 그 원인을 작품에 담아낸 예언자를 닮은 시인이다. 그는 당시의 문학적인 과정을 정확히 인식했고, 그 내용에 맞는 적절한 장르를 선택했던 1960년대의 실험적이고 신중한 중요한 시인이다.

신동엽이 그려낸 소년은 전태일 나이 또래의 아이였고, 사창가 여인의 동생이었을지도 모른다. 그들 곁에는 누가 있는가. 사창가의 여인과 대화하고 싶다며 "나도 귀를 기울이고 싶"다던 15세의 자이니치 소년 서경식은 이제 육십 대의 작가가 되어 그 마음 변치 않고 소수자 곁에서 그들의 고통을 대언代言하고 있다.

'종삼' 근처에 사는 낮은 자들 곁에서 그들의 이야기를 썼던 시인 신동엽의 마음은 이렇게 자이니치 작가 서경식에게로 이어진다. 그들은 아픔 '곁으로' 다가가라고 권하고 있다. 아픔에 연대하는 마음은 잘 보이지는 않지만, 이렇게 확실히 희미하고 가느다랗게 연결되어 있다. (김응교)

제주도와 문학관

신동엽이 본 공사장

신동엽 시의 노동과 노동자

보편타당한 인간

신동엽의 시는 기독교 텍스트인 성서로부터 너무나 다양하고 깊은 영향을 받았기 때문에 머리에 쥐가 날 감수를 하고라도 분석해볼 만한 가치를 가지고 있다. 그는 신의 창조에서와 같이 노동하는 인간을 보편타당한 인간이라 하고 노동 착취로부터 가능한 문명·문화적 인간을 보편부당한 인간이라 한다. 시「정본 문화사대계正本文化史大系」는 분명히『창세기』에서 이브가 아담에게 금단의 열매를 따주어 먹게 한 사건에 연루되어 있다.

6. 여자가 그 나무를 본즉 먹음직도 하고 보암직도 하고 지혜롭

게 할 만큼 탐스럽기도 한 나무인지라 여자가 그 열매를 따먹고 자기와 함께 있는 남편에게도 주매 그도 먹은지라

7. 이에 그들의 눈이 밝아져 자기들이 벗은 줄을 알고 무화과나무 잎을 엮어 치마로 삼았더라

—『창세기』3장 6, 7절

아담과 이브 두 사람은 본래 벗고 있었다. 창조주는 모든 피조물을 알몸으로 창조한 것이다. 그러나 두 사람은 열매를 따서 나누어 먹고 눈이 밝아지면서, 알몸으로부터 자의식을 얻게 된다. 그들은 열매를 따 먹기 이전에 이미 자신들이 벗고 있다는 것을 알고 있었다. 이 얇은 막연한 동물들도 지니고 있는 대상 인식이다. 그러나 열매를 먹고 나서는 자신들이 안다고 하는 그 사실과 그 의미를 알게 된다. 그것은 곧 인간의 자의식이다. 이 자의식으로부터 문화가 나타난 것을 말하고 있는 시가 「정본 문화사대계」이다.

오랜 세상, 그리하여 뱀과 사람의 꽃다운 이야기는 인간사는 사회 어델 가나 끊일 줄 몰라하더니, 오늘도 암살과 수살은 원인 모를 열에 떠 거리와 공원으로 기어나갔다가 뱀 한 마리씩을 짓니까

려 뭉개고야 숨들이 가빠 돌아왔다.

—「정본 문화사대계」 부분

신동엽은 연애하고 사랑하는 남녀를 금단의 열매를 따서 사이좋게 나누어 먹은 아담과 이브로 보고 있다. "사회 어델 가나 끊일 줄 몰라 하더니" 하는 표현은 아담과 이브를 본떠서 사랑을 이어오고 있다는 의미이다. 뱀과의 대화 끝에 이브는 아담이 자의식을 가질 수 있도록 인식의 열매를 먹게 하였다. 대상에 대한 인식이 있다면 아담이 이브에게 가만히 있지 않을 것이다. 이브는 그런 것을 원하여 아담에게 인식의 열매를 따 주면서 먹도록 한 것이다. 신동엽이 "뱀과 사람의 꽃다운 이야기는 인간사는 사회 어델 가나 끊일 줄 몰라 하더니"라고 말하는 것의 근거는 바로 성에 대한 인식론이다. 신동엽 시에 나오는 '여성'은 바로 이러한 여성을 원본으로 하는 여성들이다. 성으로부터 자의식을 통하여 문화가 싹텄다는 확신에 찬 표현이 "正本"이다. 그의 시에서는 성/자연과 노동이 시를 이끄는 두 축이 되고 있으며, 사랑하기와 일하기가 인간 삶의 전부여야 한다는 것을 누누이 말한다. 그러나 인간의 역사는 그 성과 노동으로부터 얻은 자기의식으로 인하여, 자연/성과 노동을 외면

하고 문화를 살고 있는, 그 문화사에 다름 아니다. 여러 시편들은 소외·착취당하는 노동과 함께 그 결과인 문화적인 다툼이나 전쟁 사치품 등등 다양한 것들을 보이고 있다. 신동엽의 시에는 『창세기』와 놀랍도록 비슷한 말이 나온다.

네가 하나의 사내를 사유하고 싶어할 때
불행은 네 발밑에 허당을 판다

—「여자의 삶」

너는 남편을 원하고 남편은 너를 다스릴 것이니라

—「창세기 3장 16절」

또 다음과 같은 언급이 보인다

자연 속 보물들을 자기 코걸이 귀걸이로 사유하려 할 때
세상의 발밑은 구더기가 된다.

—「여자의 삶」

자연 속의 보물은 분명히 성을 의미할 것이다. 자연은 성이

며 성은 자연이다. 노동은 자연이라는 대상이 있는 이상에는 필연적으로 나타난다. 인간은 자연 그대로를 생활에 소용할 수 없기 때문에, 반드시 노동이 있어야 한다. 따라서 노동자는 보편타당한 인간이다. 이는 성서와 신동엽의 시가 공유하고 있는 가치이다. 신동엽은 시에서 인간은 보편타당한 인간이어야 한다고 말한다. 그가 소망하는 세상은 우리 모두가 보편타당한 인간일 때 비로소 가능하게 되는 그런 세계인 것이다. 성서의 『창세기』에는 가인이 아벨을 들판으로 유인하여 죽이는 장면이 나온다. 가인이 아벨을 죽일 수 있었던 것은 땅을 갈아엎는 도구가 있었기 때문이다. 그 도구가 바로 쟁기일 것이다.

「이야기하는 쟁기꾼의 대지」는 먼저 관능적이며 원시적인 세계를 보이면서 시작된다. 여기서도 이브에게 금단의 열매를 따 먹게 한 뱀이 등장한다.

당신의 입술에선 쓰디쓴 풀맛이 샘솟더군요. 잊지 못하겠어요. 몸냥은 단 먹뱀처럼 애절하구, 참 즐거웠어요 여름날이었죠. 꽃이 핀 고원을 지나고 있었어요. 무성한 풀섶에서 소와 노닐다가, 당신은 꽃으로 날 불렀죠.

—「서화」

그늘 밑 꽃뱀 얽혀 있는 산중에서 산삼을 찾고 있었네.

그날 삼은 보지 못했으나, 여인을 만나, 정성을 다한 씨 심거 주
었네.

―「제1화」

소와 노닐었다는 것은 쟁기질을 했다는 것이고 산삼을 캐자
면 도구가 있어야 한다. 산삼을 캐는 대신 여인을 만나 씨를 심
겨주는 것은 그 도구를 통해서이다. 노동은 자연에 가하는 폭
력의 형태를 지니고 있고 남녀 간의 성적인 사랑도 마찬가지이
다. 신동엽의 거의 모든 시에서 칭송되고 있는 인간의 육체적
인 사랑과 농사 노동은 사실, 경작해야 하는 대상을 가지고 있
다는 점에서 동일한 것으로 볼 필요가 있다. 경작에는 도구가
있어야 하고 이 도구에서 노동이 싸움과 겹치고 있는, 그래서
필연적으로 문명과 문화를 낳게 되는 그 모든 것이 '노동'이라
는 사물 속에 이미 선결·선취되어 있다는 것을 보이면서 「이야
기하는 쟁기꾼의 대지」는 시작된다.

중립의 초례청

꽃피는 반도는

남에서 북쪽 끝까지

완충지대,

그 모오든 쇠붙이는 말끔히 씻겨가고

사랑 뜨는 반도,

황금이삭 타작하는 순이네 마을 돌이네 마을마다

높이높이 중립의 분수는

나부끼데.

―「술을 많이 마시고 잔 어젯밤은」 부분

피 다순 쭉지 잡고

너의 눈동자 嶺 넘으면

停戰地區는

바심하기 좋은 이슬 젖은 안마당.

―「새로 열리는 땅」 부분

그리하여, 다시

껍데기는 가라.

이 곳에선, 두 가슴과 그곳까지 내논

아사달 아사녀가

중립의 초례청 앞에 서서

부끄럼 빛내며

맞절할지니

―「껍데기는 가라」 부분

초례청은 마을공동 노동의 산물이다. 인용한 시편들에서 '중립'은 모두 노동의 현장, 노동 공동체, 마을과 결부되어 있다. 알몸과 알맹이는 의미상 같은 것으로 알몸이란 비非은폐성으로 하이데거가 말하는 진리의 참된 것이다. 알몸은 무장하지 않은 몸이다. 인간의 몸으로 직접 자연을 상대하는 몸 노동은 알몸이다. 노동은 대상 사물의 생리와 사물들 간의 관계를 파악하면서 진행되기 때문에 그로부터 노동 공동체는 자연스럽게 질서가 나타나고 유지된다. 노동 그 자체는 처음부터 끝까지 이성적인 것이다. 이것이 노동 공동체가 타율이나 정치가 없이도 질서를 유지하는 비결이다. 그 자체로 정치가 배재되는 공동체이다. 신동엽이 말하는 초례청은 어떠한 정치체도 아닌 공동체이다. 그런데 중립이란 정치적으로 보장되는 것이라면 "중립의 초례청"은 논리모순인 것 같아 보인다. 중립이라는 것 자체가 정치성을 가지고 있는 것으로 생각되기 때문이다. 인간이라는 존재가 사회적인 존재라고 할 때는 정치적이라는 의미를 내포하기 때문이다. 노동 공동체에서도 정치성은 나타나는데 노동도 편한 것과 고된 것이 있고 개인은 대부분 욕망을 가지고 있다. 굳이 찾아보자면 이것을 우리가 말하는 '정치성'이라고 할 만한 것인데. 그렇다면 신동엽이 말하고 있는 중립의 노동 공동체는 완전한 중립이라고 보아야 하고, 따라서 그것은 그 어떠한 정치체도 아닌 노동 공동체이다. 쇠붙이와 껍데기는 정치적인 것이고 알몸은 정치적인 것이 아니다. 인간이 옷을 입었다는 것은 무장을 했다는 것을 의미한다. 기계를 통한 자연 착취의 노동은 알몸의 노동이 아니다. 그로부터는 필연적으로 정치가 나타날 것이다. 신동엽의 알몸은 전적으로 성서의 알몸과 일치한다. 땅을 가는 도구(쟁기/성기)는 기계의 시작이다.

10. 이르되 내가 동산에서 하나님의 소리를 듣고 내가 벗었으므로 두려워하여 숨었나이다

11. 이르시되 누가 너의 벗었음을 네게 알렸느냐 내가 네게 먹

지 말라 명한 그 나무 열매를 네가 먹었느냐

―「창세기 3장」

그 넘편 골짜기 양지밭에선 긴긴 물건이 암사람의 알몸에 붙어
있었다.

―「정본 문화사대계」

출렁이는 네 가슴만 남겨놓고, 갈아엎었으면

―「사월은 갈아엎는달」

이곳에선, 두 가슴과 그곳까지 내논

―「껍데기는 가라」

왜 이렇게 알몸과 함께 노동이 말해지고 있는 것인가? 그리
고 그 노동은, 중립의 장은 노동하기 좋은 곳으로 노동이 있는
곳으로 표현되고 있는가?

노동은 자연에서 그 자연이 문화로 건너오는 과정이다. 그러
니까 자연과 문화 사이에 있는 중립이 바로 노동이다. 그렇다면
신동엽의 '중립'은 노동 즉 인간의 보편적인 가치와 떼어서 생

각할 수 없는 것이다. 신동엽의 시에서 자연과 성은 같은 것으로 차이가 없다. 노동은 자연과 성을 경작하는 것이다. 인간의삶은 노동과 사랑하기가 전부여야 한다. 인류사의 유년기 까지는 그 러했다. 신동엽의 '중립'은 성경의 에덴동산과 같은 것이다.

신동엽의 공유사상

우리 모두는 노동을 착취해서는 안 된다고 생각하는가? 노 동만이 있는 사회에서 노동을 착취하지 않는다면 인간은 노동 외의 다른 무엇도 할 수가 없다. 그런 사회가 바로 원시사회이 다. 그러나 그런 세상은 노동자 자신부터 원하지 않을 것이다. 인간의 사회적 문화·문명의 발전은 노동과 노동의 착취를 통 하여, 자연에 노동이 가해지고 나서야 가능하게 되어 있다. 그 렇다면 이렇게 말하는 것이 원칙일 것이다. 노동을 착취하지 말라고 하는 것은 비논리적이며 불합리하다고.

일 많이 한 사람 밥 많이 먹고

일하지 않은 사람 밥 먹지마라.

―「금강 1」

우리가 너희와 함께 있을 때에도 너희에게 명하기를

누구든지 일하기 싫어하거든 먹지도 말게 하라

—「데살로니가 후서 3장 10절」

인터넷에서 위 성경 문구를 검색했는데 기막히게 좋은 말이 있어 인용한다.

"일하지 않는 자 먹지도 말라." 데살로니가 후서 3장 10절의 말씀 이다. 본래 성경 구절이었던 것을 공산권에서 정치 표어로 썼었다. 자본가들을 겨냥했던 말. 하지만 난 자본가가 되고 싶다. 맑스가 이 윤의 원천이라 했던 노동 따윈 하지 않고 고운 손을 쉬게 하면서 놀 고먹으며 돈 벌고 싶다구, 답은 역시 건물주다. 조물주 위의 건물주.

— 인터넷 어떤 부동산 사이트

통쾌한 문장이다. "일하기 싫어하거든 먹지도 말게 하라"의 일은 신동엽의 시에서와 같이 농사를 의미할 것이다. 신동엽은 뿌리지 않은 곳에서 거두는 구체적 방법들을 보여준다.

고시공부 한다는 건

출세하기 위한 것,

출세한다는 건

피 빨아먹는 자리,

놀고먹는 자리,

백성의 피기름 솟는

흡구 자리 하나

차지한다는 것,

피라미드처럼

정상을 향해

벼슬길로

기어오른다.

형제의 등을 밟고

친구의 목을 부러뜨리고

제 자신의 낯짝도

쥐어 뜯어가며

—「금강 13장」

푸코에 의하면 지식＝화폐＝권력이다. 그러한 지식을 통하여 사회에서 성공하는 사람들은 인간사회의 먹이사슬에서 포식자가 된다. 노동을 피하여 문화적인 삶을 살기 위해서 성공하는 것이다. 인간사회도 자연과 같이 먹이사슬을 하고 있다. 이 먹이사슬이 곧 신동엽이 말하는 피라미드이다. 인간이라면 누구나 사회적으로 성공하기를 원하고 노력하고, 더하여 사회는 개인의 성공을 장려하고 고무한다. 반복하자면 노동은 자연을 인간의 소용에 닿게 가공한다. 지구생태계의 식물은 광합성을 통하여 최초의 유일한 에너지 생산자가 된다. 인간사회에서 노동계급은 그러니까 식물과 같은 역할을 하고 있는 것이다. 노동은 인간의 광합성인 것이다. 시에서 말하는 "피라미드"는 바로 사회생태계 지도인 먹이사슬을 말하고 있는데, 피라미드의 정상을 향해 버슬길로 오르는 개인의 사회적 성공은, 노동자/먹이는 없어지고 포식자가 늘어나는 사회인 것이다. 이렇게 하여 인간사회 생태계의 균형이 무너지고 있다. 더하여 인간의 노동을 대치하기 위한 기계의 제작은 문화의 융성을 보장하는 결과로 된다. 인간의 원초적인 즐거움이자 쾌락인 자연/성의 축소는 불가피하게 초래된다. 그로부터 인간 개체 수가 줄어드는 인간 도태는 따라 나오게 되어 있다.

여기서 우리는 우리의 성이 어떤 것인지를 생각해야 한다. 신동엽의 시에서 나타나는 성에 대한 표현은 아름답고 찬양 일색이다. 그 성이 문화적인 것일 때에만 아름답지 않은 표현을 얻고 있다. 우리의 성은 어떤 역할을 해야 하는가? 우리는 우리의 성을 어떻게 사용해야 하는가? 여기서는 간단히 말하고 지나가자. 인간의 성에 있어서 번식의 기능은 다만 덧붙여진 것이다. 본래의 기능은 서로 화목하고 사랑하며 공동체 결속하는 데 있다는 것이다. 기독교 성 윤리는 지금까지 성을 추하게 보아오다가 최근에야 성을 하나님이 인간에게 준 축복이라고 하는 저술을 읽었던 기억이 있다. 인간은 자신의 생체 에너지를 소비하면서 다른 것을 함께 소비한다. 이것이 문화적인 쾌락이다. 그러나 오로지 자신의 생체 에너지만을 소비할 수 있는 방법이 있는데, 그것이 바로 인간의 육체적인 사랑이다. 육체적인 사랑을 통하여 우리는 자연을 아끼고 사랑할 수가 있다. 이상의 것이 그가 이렇게 말하고 있는 것의 근거이다.

네가 하나의 사내를 사유(私有)하고 싶어 할 때
불행은 네 발밑에 허당을 판다.

네가,

네가

자연 속 보물들을 자기 코걸이 귀걸이로 사유하려 할 때

세상의 발밑은 구더기가 된다.

―「여자의 삶」

　　한 평의 땅이나 산이나 나무는 인류가 공유해야 하는 것이지 사유해서는 안 되는 것이다. 마찬가지로 인간도 그렇다. 나에게 나의 주인이 나 말고 따로 있어서는 안 되는 것이다. 하나의 여성과 남성에게도 이 원칙은 적용되어야 한다. 일부일처제의 폐해 중의 하나는 사적 소유를 낳았다는 것이다. 내 자식, 내 아내, 내 재산, 아내도 자식도 재산이다(엥겔스. 가족 국가 사유재산의 기원). 이러한 가족은 보편적인 가족이 아니라 개별적인 가족이며 가족사랑은 개별적인 사랑이다. 자연 속 보물들을 코걸이 귀걸이로 사유한다는 말은 성을 팔아 서나, 결혼을 통해서나 사치와 부를 얻지 말라는 의미일 것이다. 그렇게 산다면 지구는 맑고 오염과 공해가 덜할 것이다. 지구의 수명이 늘어날 것이다.

미래를 내다보는 예언자

지금부터는 신동엽이 말하는 인간사회의 먹이사슬인 피라미드를 분석해 보기로 한다. 먹이사슬은 논리의 연쇄이며 생태계 질서 잡기이다.

6. 예술과 문화계 종사자 시인 소설가 화가 무용가 등

5. 과학자 교사 교수 등 지식생산자

4. 은행 자산관리 자본가 등

3. 운송업 창고업 냉장보관업 종사자

2. 공장 생산직 가공업 등

1. 1차 산업, 임업. 농업. 광업. 수산업

먹이사슬에서 1차 산업에 종사하는 사람들의 수가 많을수록 사회는 안정된다. 그들은 그야말로 먹이이기 때문이다. 이들은 자연생태계 먹이사슬에서 식물과 같은 존재이다. 그 위의 다른 모든 사람들은 이들을 먹이로 하고 있다.

때문에 이들의 수가 제일 많아야 하고 그것은 먹이가 풍부하다는 것이다. 지구가 유지되는 비결은 식물과 식물의 광합성에 있다. 먹이가 있기 때문에 사회가 유지되고 있다. 먹이보

다 포식자가 많은 사회는, 먹이층에 있는 사람들이 포식자가 되기 위한 생존경쟁이 심화될 것이다. 이 개인과 개인 간의 생존경쟁이 바로 국가자본 발전의 원동력이다. 어떤 사회나 국가도 이러한 상호 경쟁이 없다면 그 사회는 침체의 늪에 빠지게 된다. 앞의 먹이사슬에서 보이듯이 이 경쟁도 자연을 대상으로 하는 노동이 있고 나서야 가능한 것이다. 그러나 모든 사람이 노동을 한다면 경쟁은 나타나지 않을 것이다. 노동을 착취하여 놀면서 사는 양반계급은 나타나지 않을 것이다.

안될 말,

한울님께서 사람을 내신 건

농사지으라고 내신 건데

농사짓지 아니하고

생산하지 아니하면

양반보다 나을 게 없지 아니한가.

—「금강 12장」

문화계 종사자와 예술가 시인 등이 마지막 포식자인 이유는 소위 '작품'이라고 하는 것이나 도서 등은 그것들이 땅속으로 들어가 부패를 거쳐 자연으로 다시 돌아가지 않고, 인간이 수고를 지불해 가며 관리·보존하기 때문이다. 여기서 식물로부터 최초로 생산된 에너지는 마지막으로 소비되어 다시는 생산에 환원되지 않는다. 인간사회의 먹이사슬과 자연의 먹이사슬은 그러니까 에너지의 이동경로이다. 식물에서 최초로 생산된 에너지가 인간에서 마지막으로 소비된다. 따라서 문화계급의 수가 적어야 한다. 문화적 유산들이 땅에 버려져서 부패하고 다시 흙이 된다면 원수성, 차수성, 귀수성 즉, 자연 순환의 사이클에 들어가게 된다. 자연 생태계의 먹이사슬을 보자. 자연의 먹이사슬은 「창세기 1장」에서 신이 창조하는 그 순서 그대로가 자연 생태계 먹이사슬이다.

6. 잡식동물 – 인간–마지막 포식자

5. 초식동물과 곤충들 땅을 기는 생물들

4. 광명체. 태양– 식물의 광합성

3. 대지위의 식물

2. 대륙의 솟아남. 흙속의 미생물

1. 하늘과 땅 바다

이 먹이사슬이 피라미드인 이유는 각 존재의 번식력 때문이다. 흙 속의 미생물이 제일 번식력이 강하고 다음은 식물, 다음은 초식동물 다음은 육식동물, 다음은 잡식동물 즉, 인간이다. 인간이 모든 것을 먹는 마지막 포식자이기 때문에 생물적인 번식력이 제일 약하다. 앞에서 성에 대하여 말했는데, 제일 약한 번식력을 인간은 성욕으로 보충하고 있는 것이다. 만약 인간의 번식력이 강하다면? 지구가 100개라도 모자랄 것이다. 반면에 인간에게 성욕이 없다면? 아마도 번식력이 가장 약하기 때문에 멸종할 수가 있다. 인간의 문화적 행위는 자연에 대하여서는 인간의 생물적인 번식력으로 되어버린다. 문화 산물인 책이나 작품 등은 자연을 잡아 죽여야 만들어지기 때문이다. 신동엽이 피라미드의 논리적 법칙을 대강은 파악한 것으로 보인다. 그렇다면 신동엽은 유종호의 말처럼 뒤돌아보는 예언자가 아니라, 과거와 현재 미래를 관통하여 내다보는 예언자일 것이다.

나는 신동엽이 포용하고 있던 혁명적 난관주의 혹은 낭만주의나 소외 없고 착취 없는 원시 공동체에서 시작하는 거대담론에 대해서 회의적이다. (…중략…) 그는 뒤돌아보는 예언자로 임했지만 많은 동시대인들과 같이 역사의 행방을 전혀 알아차리지 못하였다.

— 이민호, 「생명 공동체와 영화 아바타」(『전경인어문연구』 1)에서 재인용

　　신동엽에 대한 이러한 판단이 성급한 것은 신동엽의 산문에
확연히 드러나 있다. 아래 인용문에서 그는 발전하는 역사의
법칙성에 대하여 말하고 있다.

　　자연현상까지를 포함한 인류사회 현상은 유기적인 인과율에 기
조를 두고 부단히 운동 발전하는 史的 과정의 '모멘트'에 불과하
다. 그렇기 때문에 우리의 의식 속에 반영되는 현상계의 어떠한 사
실이라도 발전해가며 있는 과정으로서 파악되어야 할 것이며, 그
렇다면 현상계(물질과 정신)를 대상으로서 취급하고 있는 모든 과학
자체도 필연적으로 史的 법칙을 자신 속에 포함하고 있는 史的 존
재에 불과할 것이다. 다시 말하면 모든 사물은 표면적으로 各異하
지마는 본질적으로 일관되어 있는 '史'라는 심줄을 지니고 있는 데
는 일치하고 있는 것이다.

— 신동엽, 「문화사 방법론의 개척을 위하여」

　　"자연현상까지를 포함한 인류사회 현상은" 바로 사회생태계
의 질서인 먹이사슬로부터 나타나는 것이다. 먹이사슬은 논리

적 구조이다. 인용문의 말은 그가 세계 전체의 논리적 구조를
직관적으로 파악하고 있다는 증거일 것이다.

"유기적 인과율"이 바로 원수성, 차수성, 귀수성이다. "과학
자체도 필연적으로 사적 법칙, 유기적 인과율을 자신 속에 포
함하고 있는 사적 존재에 불과"한 것이다. 나아가 신동엽은 이
렇게 말하고 있지 않은가!

> 여기에서 한가지 말해 두어야 할 것은 흔히 史라 하면 과거의 사실
> 만을 추상하는 경향이 있으나 그것은 과거의 사학 방법론이 범했던
> 오류의 잔재이며, 사실에 있어 '사'라는 말의 진의는 현상을 통해서
> 발견하는, 그 현상 속에 내재하고 있는 근본적 발전법칙, 즉 사물 발
> 전의 과거, 현재, 미래를 꿰뚫고 발전하는 궤도를 의미하는 것이다.
>
> — 신동엽, 「문화사 방법론의 개척을 위하여」

그 궤도는 분명히 시간처럼 과거와 현재와 미래가 연결되어
있다는 것이다. 이 궤도를 통하여 보면 전체가 보일 것이다. 그
는 이렇게 과거와 현재 미래를 동시에 보는 예언자이지 뒤돌
아보는 예언자가 아니었다. 개개인의 목적은 살고 있는 당대
에 이루어질 수가 있으나 인류 전체 공동체의 목적은 이루어지

는 과정을 우리는 살고 있는 것이다. 그 과정이 역사이다. 그러므로 시인은 마땅히 세계의 논리적 구조에 의한 미래가 어둡다는 것을 안다고 해도, 오히려 밝은 미래를 소망하는 것이 시인의 의무가 아니겠는가? 유종호가 말하는 역사의 행방을 신동엽은 내다보고 있었던 것이다. 그러했기 때문에 그는 인간 지복의 상태를 절규하며 자연과 노동을 회복하자고 했던 것이다.

> 그렇기 때문에 루쏘는 不正 그것으로 밖에 안 보인 문명을 否定하고 인간은 자연으로 돌아갈 것을 절규했으며, 석가 역시 不正 그것으로서의 왕국과 재물을 버리고 참한 인간을 찾으러 산중으로 들어간 것이었다.
>
> ─ 신동엽, 「전환기와 인간성에 대한 소고」

앞에서 보였던 먹이사슬에서 인간은 마지막 포식자라고 했다. 그러나 그렇지 않다. 인간이 문명·문화를 창조하고 있는데, 이 문명·문화가 인간을 먹이로 한다. 먹이사슬을 보면 인간이 수고를 치르게 되면 지구생태계 전체, 우주 전체가 수고를 치르게 되어있다. 그것이 오염 공해 환경파괴 지구온난화이다. 인간이 버린 것은 반드시 인간의 입으로 들어온다. 그러나 인간이 자연을 직접 상대하는 몸 노동과 육체적 사랑만으로, 문화와 문명에서 구하는 쾌락을 만족한다면 그것은 인간 자신에 자신을 제곱하는 것이 될 것이다. 제곱이란 스스로 그러한 자연 창조의 본질을 말한다. 우주의 제諸 존재는 자신을 스스로 창조한다는 것이다. 신동엽은 분단된 조국에 대해서도 많은 말을 했다. 국가나 민족 또 마찬가지로 우주의 제諸 존재이다. 스스로 자신을 창조해야 하는 것이다. 그것은 같은 피를 지닌 북을 믿고 전쟁의 트라우마를 벗어 버리고 적극 화해해야 한다는 것이다. 모든 외세를 걷어 내고 모든 껍데기를 날려 버리고 동포와 적극 사랑하는 것이다. 대한민국이 저러한 우주 창조의 보편성을 외면한다면 영원히 미국의 불침항모가 될 것이다. 현재 주한미군은 나당 연합으로 삼국을 통일한 그 나·당 연합군의 연장선에 있는 것이다. 이것이 우리가 처한 운명이다. (최종천)

신동엽문학관에 있는 신동엽 흉상

제주도*

신동엽과 아시아, 그리고 제주 여행길

아시아의 대지적 상상력과 만나는 한라산

시인 신동엽의 유고집 중 실천문학사에서 1988년에 출간된 산문집『젊은 시인의 사랑』은 모두 5부로 구성돼 있다. 그 구성의 골격을 살펴보면, 제5부를 제외하고, 제1부터 제4부까지 순차적 시간에 따라 작성된 일기가 대부분이다. 그 시간대는 1951년부터 1964년까지 이르고 있다. 1959년 장시「이야기하는 쟁기꾼의 대지」가『조선일보』신춘문예에 입선하면서 본격적 시작詩作활동을 했고, 그의 첫 시집『아사녀』가 1963년에 출간되었다는 사실을 고려해 볼 때,『젊은 시인의 사랑』에 수록된 일기 형식의 에세이들은 신동엽이 일궜던 그의 문학 대지를 이

이 글은「신동엽과 아시아, 대지의 상상력」,『전경인 어문연구』창간호, 신동엽학회, 2010에서 제주 여행과 연관된 부분을 발췌하여 그것을 보다 상세히 기술한 것이다.

해하는 데 또 다른 지도 역할을 수행하고 있다. 그것은 일기가 명시하고 있는 시간대가 말해주듯, 그의 야심찬 데뷔작을 얻기까지 그는 자신이 경험한 질곡의 역사(일제 식민과 해방공간 그리고 한국전쟁)를 온몸으로 감당하면서 그만의 문명사관 — 가령, 대표적으로 그의 산문 「시인정신론」(1961)에서 주창되는 이른바 '귀수성歸數性세계관' — 을 바탕으로 한 시적 주체를 정립할 뿐만 아니라 그에 따른 시적 인식을 벼리고 있었기 때문이다.

이와 관련하여, 매우 흥미로운 것은 그가 1964년 한여름 제주 여행길에 나서서 기록한 열흘 분량의 일기다. 이것의 전모는 『젊은 시인의 사랑』 '제4부 – 젊은 시인의 여행일기'에 상세히 나타나 있다. 그렇다면, 신동엽은 이 시기 무엇 때문에 제주 여행길에 나섰을까. 여러 이유를 생각해 볼 수 있다. 속단할 수 없겠으나, 아마도 한라산을 오르고 싶은 게 제주 여행의 가장 큰 동기가 아니었을까. 산에 대한 그의 남다른 애정은 다음과 같은 산문에서 뚜렷이 읽을 수 있다.

나는 어려서부터도 山이 좋았다. 씨근덕거리면서 꾸준한 땀방울 끝에 그 頂上을 정복하여 거기 두 발을 버티고 올라서서 바람을 천천히 마셔보는 그 맛, 그 멋, 한번 마실 때마다 10년, 아니 千里

萬里 멀고 먼 歷史며 靈感이며 追憶이며 生靈들이 내 피 속을 속속들이 스며들어와 굽이쳐가는 것만 같은 그런 느낌이 드는 것이다. (…중략…) 이 순간에 느끼는 일종의 法悅! 이 순간에 느끼는 하늘 뚫을 듯한 의지의 高揚. 경건으로 통하는 옷깃을 여미고 싶어지는 肅然한 마음. 이런 것들이 나로 하여금 山을 떠나지 못하게 하고 있는지도 모른다.

좌우간 素月의 詩가 아니더라도 나는 山이 좋아서 山에서 살아가고 싶다.

— 신동엽, 「山, 雜記」(『신동엽전집』(증보판), 창비, 1980, 351쪽)

그러니까, 신동엽은 제주에 있는 한라산을 오르고 싶어 제주 여행길을 떠난 셈이다. 사실, 이것은 신동엽에게 매우 중요한 여행이 아닐 수 없다. 신동엽에게 산은 그의 대지적 상상력을 이루는 역사적 실재로서 심상의 주요 바탕으로 자리하는 만큼 한라산 등반에 대한 욕망은 대지적 상상력과 연관된 것들로부터 결코 무관하지 않다. 그리고 이 대지적 상상력은 신동엽에게 추상적 관념의 언어유희로서 내용 형식을 이루는 게 아니라 구체적인 역사적 실재로서 시적 심상으로 형상화되고 있음을 주목해야 한다. 그것은 바로 아시아의 대지와 밀접히 연관되며, 신동엽이 애정을 갖는 산, 그리고 그것의 지맥의 형상을 이루는 산맥의 부분으로서 대지적 상상력에 시적 생명을 부여한다. 따라서 신동엽이 한라산을 등반하고 싶은 욕망은 한반도로부터 바다를 사이에 두고 격리된 섬, 제주도에 위치한, 남한에서 가장 높은 산의 정상에 오르고 싶은 게 아니라 아시아의 대지로부터 힘차게 뻗어나와 한반도를 가로질러 바다 건너 제주에까지 이르는 지맥(혹은 산맥)으로서 심상지리를 구축하는 바로 그 산, 즉 한라산의 진면목을 만나고 싶은 것이다. 그것은 아시아의 대지적 상상력을 지닌 시인으로서 숨길 수 없는 자연스러운 욕망의 발현이다.

> 잔잔한 바다와 준험한 산맥과 들으라
>
> 나의 벗들이요
>
> 마즈막 하는 내 생명의 율동을
>
> —「만약 내가 죽게 된다면」부분(『꽃 같이 그대 쓰러진』, 실천문학사, 1988)

구름이 가고 새 봄이 와도 허기진 平野, 낙지뿌리 와 닿은 선친들의 움집뜰에 王朝ㅅ적 투가리 떼는 쏟아져 江을 이루고, 바다 밑 용트림 휘 올라 어제 우리들의 역사밭을 얼음 꽃피운 億千萬 돌창

떼 뿌리 세워 하늘로 反亂한다.

— 「阿斯女의 울리는 祝鼓」 부분(『신동엽전집』(증보판))

四月十九日, 그것은 우리들의 祖上이 우랄高原에서 풀을 뜯으며 陽달진 東南亞 하늘 고흔 半島에 移住오던 그날부터 三韓으로 百濟로 高麗로 흐르던 江물, 아름다운 치마자락 매듭 고흔 흰 허리들의 줄기가 三·一의 하늘로 솟았다가 또다시 오늘 우리들의 눈앞에 솟구쳐 오른 阿斯達 阿斯女의 몸부림, 빛나는 앙가슴과 물구비의 燦爛한 反抗이었다.

— 「阿斯女」 부분(『신동엽전집』(증보판))

위 3편의 시를 음미해보면, 아시아의 고원에서 뻗어 나오는 산맥은 신동엽에게 "생명의 율동을" 실감하도록 한다. 산맥은 평야와 계곡을 만들고, 강을 흐르게 하며, "역사밭을" 일궈낸다. 신동엽은 "바다 밑 용트림 휘 올라" 솟구치는 동적인 심상을 통해 바다로 그리고 한반도로 내달리는 산맥으로부터 역사의 활력을 발견하고 있다. 시인은 솟구치고 내달리는 힘준한 산맥의 역동성에 '3·1운동과 4·19혁명'에 깃든 역사의 활력을 포개 놓는다. 무엇보다 인상적인 것은 그러한 산맥이 "하늘로 반란"하는 "찬란한 반항"의 시적 의미로 포착되고 있다는 것이다. 다시 말해 신동엽에게 산맥은 새로운 대지를 생성하는 생명의 힘이며, 낡고 구태의연한 것을 제거하는 역사적 의지로 충만된 '반항'의 시적 메타포로서 기능하고 있다. 여기서 이러한 산맥이 신동엽에게 아시아의 대지에 그 시원始原을 두고 있다는 점을 가볍게 지나쳐서 안 된다.

신동엽의 제주 여행길

이를 좀 더 설득력 있게 뒷받침해 주는 것으로, 신동엽의 제주 기행은 매우 흥미롭다. 일기에 따르면, 그는 1964년 7월 30일 목포에 도착하여 1박을 하고, 이튿날 7월 31일 오전 11시 목포항을 떠나는 황영호를 타고 추자도를 거쳐 밤 9시 제주항에 도착한다. 이어서 본격적인 제주 여행길은 8월 1일부터 시작하여 8월 7일 오전 10시 제주항을 떠날 때까지 일주일이다. 이 기간 동안 신동엽은 한라산 등반을 포함하여 제주시와 서귀포를 비롯한 몇몇 주요 관광지를 돌아본다.

세화가는 길에서 마주한 봉건적 유습

신동엽이 제주 여행길에서 처음 방문한 곳은 제주시에 위치한 삼성혈三姓穴이고, 이어서 조선시대에 제주로 유배온 다섯 유가儒家의 위패가 있는 오현단五賢壇이다. 두 곳에 대해 그는 이렇다할 생각과 느낌 없이 두 곳에 대한 기존 설명을 간결히 기술하고 있을 따름이다. 그런데 주목되는 기술은 제주시로부터 동쪽 교외에 있는 세화細花로 가는 길에서 마주한 풍경에 대한 생각이다. 신동엽은 제주의 동쪽에 위치한 세화마을을 지나면서 "시커멓게 탄 석탄똥 같은, 일푼의 여우도 주지 않는, 강하디 강한 쇠끝 같은 돌덩어리들"(『젊은 시인의 사랑』,

제주에 세워진 최초 열녀비(위)와 제주 오현단(아래)

215쪽, 이하 쪽수만 표기)인 현무암을 본다. 신동엽에게 특별히 눈에 띈 것은 이 현무암에 새겨진 "열녀사비국묘지문烈女私婢國只之門 등등. 집의 수효보다도 많은 비석들"(215쪽)인데, 이 비석들을 보자 메스꺼움을 느끼면서 급기야 식중독 증상을 보이며 "대륙의 황토흙이 그립다"(215쪽)고 한다. 그렇다면, 신동엽은 왜 느닷없이 대륙의 황토흙이 그립다고 할까. 그것은 바로 현무암에 새겨진 '열녀사비국묘지문' 때문인데, 이 비문은 조선조 유가儒家의 완고한 세계관이 반영된 것으로, "이조李朝 5백년의 / 왕족王族, / 그건 중앙中央에 도사리고 있는 / 큰 마리 낙지"(「금강」)의 폐습을 단적으로 응축하고 있는, 신동엽이 제거해야 할 봉건적 유산이다. 이 봉건적 폐습 아래 억압당한 제주 민중의 삶을 신동엽은 묵과할 수 없었다. 그래서 신동엽이 그리워하는 "대륙의 황토흙"은 이 같은 낡고 부패한 세계관이 반영된 대지의 기운이 아닌, 이런 부정한 것들을 모조리 일소해버리는 대지의 역동성을 간직하고 있다. 그것은 앞서 아시아의 대지에서 시원하는 지맥/산맥이 치달리며 제주에 이르는 심상지리로서 강렬히 상기되는, '대륙의 황토흙=산맥'의 기운, 즉 역사의 활력이다.

따라서 신동엽이 이 비문을 본 후 제주에 대해 가진 다음과 같은 현실 인식은 매섭고 예각적이다.

누구냐. 제주를 관광지라 말한 사람은. 배부른 사람들의 눈엔 관광지일지 몰라도 내 눈엔 구제받아야 할 땅이다. 그 모진 돌밭의 틈서리에서 보이는 건 굶주림과 과도한 노동과 헐벗음과 발악 아니면 기진맥진뿐이다.

제주는 구제받아야 할 땅이다.

제주는 가슴 메어지는 곳이다.(215~216쪽)

그런데, 이 같은 현실 인식에 이르는 제주 여정은 대단히 짧다. 이것은 신동엽이 평소 제주의 자연과 역사 그리고 문화에 대해 문외한이 아니라는 사실을 말해준다. 해석의 비약을 무릅쓴다면, 고대사에 관심을 가질 뿐만 아니라 문명사적 감각을 벼리고 있는 신동엽의 경우 제주의 '삼성혈'이 제주 고대사와 관련 있는 신화적 진실과 무관하지 않다는 것과, '오현단'이 조선조 봉건통치의 모순을 단적으로 보여주고 있는 유배지로서 제주를 구속하고 있다는 것 등속에 대한 역사적 성찰을 하고 있다는 사실을 염두에 둘 때, 그의 문명사관에서 강렬히 문제 삼는 '차수성次數性 세계'로 억압받고 있는 제주 민중에 대한 인식은 생뚱맞거나 갑작스러운 게 결코 아니다.

4H풋말,'차수성 세계'에 대한 비판적 성찰

신동엽의 문명사관에서 주목할 것은 인류의 삶과 현실에 대한 총체적 이해를, '원수성原數性 세계-차수성 세계-귀수성歸數性 세계'로 파악하고 있다. 무엇보다 서구 문명중심주의가 일궈놓은 근대에 대한 맹목이 인류의 기술적 편리를 도모하고 그에 준거한 물질적 행복을 달성하고 있는 것은 사실이되, 그것이 배태하고 있는 반인류적 폭력과 죽음이 세계 도처에 횡행하고 있는 것 또한 엄연한 현실로서, 신동엽은 이것을 '차수성 세계'로 이해한다. 이러한 세계는 '원수성 세계'의 진실을 '미개와 마술(비과학)'로 매도·부정·파괴함으로써 '원수성 세계'의 진실을 발효하고 '차수성 세계'를 창조적으로 극복하려는 '귀수성 세계'의 진경眞境에 이를 수 없다. 바꿔 말해, 기술적 진보를 맹목으로 하는 삶과 현실인 '차수성 세계'는 '귀수성 세계'가 함의한, '원수성 세계'의 안팎에서 거느리고 있는 토착성의 경이로움, 즉 '토착적 열림과 이음'으로부터 절로 새롭게 창조되는 세계를 이해할 수 없다. 신동엽에게 이 '귀수성 세계'는 아시아의 대지적 상상력에 튼실히 뿌리를 두면서 역사의 터밭을 객토하며 살고 있는 전경인全耕人의 세계이기 때문이다.

이러한 신동엽의 문명사관은 제주 여행 이틀째 새벽부터 맞이한 태풍이 치는 날씨와 포개진다. 그는 서귀포에서 서쪽 해안을 따라 제주시에 도착하는데, 이 도정에서 어느 원시적 부락 입구에 써 있는 '4H' 푯말을 본다. 이것에 대한 신동엽의 생각은 예의 문명사관을 떠올리기에 충분하다.

먼 데서 바다를 넘어 들어온 저런 촉수(觸手)가 과연 얼마나 깊이, 오래, 저 토착인들의 생활 속에 스며들 수 있을 것인가.

왜 우리 말의 저런 푯말이 세워지지 못하고 있는 것일까. 우리에겐 없단 말인가, 저런 정신이.(217쪽)

4H에 대해 정곡을 찌르는 비판적 성찰이다. 19세기 말 공업 중심 일변도의 미국사회가 농촌경제의 급격한 위축에 따른 농촌 젊은이들의 각성으로 확산된 4H운동은 녹색 클로버 4개 잎사귀에 각 지Head, 덕Heart, 노Hand, 체Health 등을 새겨 농촌사회의 혁신과 계몽운동에 초점을 둔 것으로, 한국사회에는 1952년 정부 시책사업으로 채택되었으며, 4·19혁명 이후 대학생 중심의 농촌계몽운동이 활성화되면서 농촌 청년지도자를 육성하는 데 힘을 쏟는다. 그러니까 이 4H운동은 우리 사회의 자생적 움직임에 의한 게 아니라 미국에서 촉발되었고, 한국전쟁 기

간 중 정부 시책사업으로 수용된 서구의 농촌계몽운동에 연원을 둔 근대화운동의 하나였다. 신동엽이 비판적으로 문제삼은 것은 그의 '차수성 세계'에 대한 비판에서 알 수 있듯, 4H운동이 좁게는 제주 민중의 삶과 유리될 수 있다는 것이고, 넓게는 한국사회 및 비서구사회의 농촌에 부적합할 수 있다는 것이다. 그리고, 설령 4H운동의 유효성이 현실성과 세계성을 띤다고 할지라도 제주와 한국사회의 농촌계몽운동을 하는 데 우리의 삶과 현실 속에서 4H운동에 버금가는 게 없어서 서구의 그것을 수용할 수밖에 없었는가 하는, 자기 능력의 창조성 부재에 대한 통렬한 비판이다. 이 간결한 비판의 배면에는, 서구의 4H운동보다 우리의 삶과 현실에서 한층 활력을 불어넣을 수 있는 토착적 근대화운동의 기획을 힘써 찾고 실천해야 한다는 신동엽의 문제의식이 자리하고 있다. 강조하건대, 이 노력이야말로 서구중심주의 근대가 일궈놓는 '차수성 세계'에 매몰되지 않고 '토착적 열림과 이음'으로 객토할 전경인의 '귀수성 세계'를 실현할 수 있기 때문이다. 사실, 우리의 삶을 돌아볼 때, 신동엽이 이렇게 비판한 4H운동에서 길러낸 농촌 청년지도자들은 1970년대 박정희 군사독재정권의 국가적 기획인 '새마을운동'이란 근대화운동의 개발 주체로서 한국사회의 정치적 억압과 유착한 농촌 근대화운동에 자의 반 타의 반 참여하여 '차수성 세계' 의 부정과 모순을 드러내지 않았던가.

그래서 1964년 한여름 제주에 몰아친 태풍 속에서 서구 중심주의가 낳은 4H운동에 대한 시인의 인식은 지금, 여기서 한층 생생한 울림으로 다가온다. 특히 태평양에서 발원한 태풍과 서구(혹은 미국)발發 4H운동이 겹쳐지므로 그 간명한 비판적 성찰이 각별히 와닿는다.

태풍 속 관덕정에서 환기된 4·3에 대한 응시

1964년 8월 2일 자 일기를 보면, 태풍의 위력이 엄청났던 모양이다. "무서운 태풍이다. 한라 등반이 또 늦어진다"(218쪽)고 쓴다. 대신, 신동엽은 천제연폭포와 안덕계곡, 그리고 산방산을 구경하는 등 지금 행정구역상 서귀포시 안덕면 일대 주요 명승지를 둘러보았다. 그런 후 그는 제주시로 이동하여 조선시대 제주 목사들이 행정을 집행했던, 지금으로 얘기하면 제주도 행정을 관장하는 도청道廳격인 관덕정을 방문한다. 이곳에서 신동엽은 그 당시까지만 하더라도 한국사회에서 좀처럼 입에 들먹거려서는 안 될 정도로 금기시된 제주 4·3사건에 대한 자신의 생각을 드러낸다. 물론, 이 생각은 신동엽 개인의 일기 형식으로 씌어진 것이므로, 이 일기가 1988년에 간행된 『젊은 시인의 사랑』을 통해 공론화되기 전까지 신동엽 문학에서 어떻게 이해해야 할지에 대해서는 그 사실 자체를 알 수 없었다. 그렇기 때문에 이에 대한 그의 일기는 사뭇 주시할 필요가 있다.

관덕정(觀德亭) 앞에서, 산(山)사람 우두머리 정(鄭)이라는 사나이의 처형이 대낮 시민이 보는 앞에서 집행되었다고. 그리고 그 머리는 사흘인가를 그 앞에 매달아 두었었다 한다. 그의 큰딸은 출가했고 작은딸과 처가 기름[輕油] 장사로 생계를 잇는다.

4·3사건 후, 주둔군이 들어와 처녀, 유부녀 겁탈사건.

일렬로 세워놓고 총 쏘면, 그 총소리에 수업하던 초등학교 어린이들 귀를 막고 엎드렸다.

하오 2시, 제주시에 내리다.

태풍 헬렌 11호 광란 절정에 이르다. 초속 40미터.

대낮인데도 거리엔 사람의 그림자가 없다. 광란하는 바람과 비뿐. 이따금, 흠씬 젖어 바람에 인도되며 끌려가는 여인네들. 그들의 몸뚱이. 자연의 위력 앞에 얼마나 초라한 짐승들인가.(218쪽)

놀랍게도, 신동엽이 관덕정에서 환기해내고 있는 장면은 제

제주의 옛 관덕정 모습

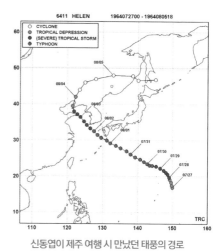
신동엽이 제주 여행 시 만났던 태풍의 경로

주인도 함부로 말할 수 없는, 국가로부터 침묵을 강요당해 온 4·3사건이었다. 비록 신동엽은 제주인이 아닌 타지인이지만, 4·3사건의 역사적 진실을 매우 간명하게 포착하고 있다. 주둔군이 들어왔고, 제주인들은 억울하게 주둔군에 의해 온갖 비참한 굴욕과 죽임을 당했고, 제주인은 아직도 그 끔찍한 언어절 言語絶의 참상으로부터 벗어나지 못하고 있음을, 때마침 공교롭게 제주를 엄습한 초속 40미터 태풍의 광풍과 연결시켜 기록하고 있다. 나는 이 기록의 행간에 숨어 있는 신동엽의 전언을 짐작해본다. 기록에는 분명히 '주둔군'과 '겁탈사건'이란 표현이 있다. 신동엽은 제주를 대륙에서 떨어진, 다시 말해 한반도에서 격절된 변방에서 일어난 역사적 비극으로 보지 않는다. 간명한 사실적 진술과 태풍의 위력을 서술하고 있는 문장들의 묘한 어울림을 통해 4·3사건은 신동엽이 경험했듯, 한반도에서 온전한 국민국가를 세우는 과정에서 일어난 민중을 학살한 국가폭력이라는 것을 은연중 암시한다.

여기서, 우리는 그가 경험한 태풍을, 바깥에서 제주를 엄습한 국가폭력의 은유로 치환해 볼 수 있다. 해방 공간의 제주는 육지의 그 어느 곳보다 빠른 속도로 '해방'에 걸맞는 온전한 민족자주독립국가를 세우기 위한 민중의 열의로 가득 차 있었다. 제주의 민중은 38도선 이남에서 유일하게 값비싼 희생을 감내하면서 분단국가가 들어서는 것에 대한 혁명을 수행하였다. 현실적 패배를 알면서도 끝까지 수행한 4·3혁명과 항쟁, 이것을 철저히 압살한 국가폭력과 그 배후로 작동한 새로운 제국 미국의 정치군사적 위력은, 1964년 8월에 강타한 슈퍼등급의 11호 태풍 헬렌의 공포스런 엄습과 흡사했으리라.

한라산 등반, 아시아의 대지로 실감하는

이후 신동엽은 태풍이 멎자 한라산을 등반한다. 그는 한라산 등반 루트 중 관음사 코스를 선택한다. 그는 비교적 상세히 시간대별로 한라산 등반 전 과정을 기술하였다. 새벽 5시에 일어나 6시에 출발했고, 오전 8시 반에 탐라계곡을 경유하여 낮 12시 개미목에 도착하고, 오후 2시 용진굴에 도착하여 점심을 먹고, 오후 4시 그토록 오르고 싶던 한라산 정상 백록담에 마침내 오른다.

　　휘몰아치는 바람. 안개. 구름만 걷히면 먼 하계를 내려다보는 전망이 얼마나 시원할까. 날씨가 원망스러울 뿐이다. 그러나 쾌청한 날은 일년에 불과 몇 날밖에 없다 한다.
　　서귀포까지 강행군하기로 결정. 오백라한을 단념하고 화산구 능선을 돌아 하산. 안개 때문에 병풍석을 똑똑이 볼 수가 없다. 바람. 안개. 안개 속에 가물대는 발밑의 천인단애. 발바닥이 간질간질하다.(222쪽)

　　한라산 정상에서 신동엽은 아주 잠시 안개가 맑게 걷힌 백록담 풍경을 만끽했으나 언제 그랬냐는 듯 한라산은 안개와 구름으로 백록담을 감추고, 한라산 아래의 세계마저 짙은 연무와 휘몰아치는 강풍 때문에 제주와 한라산의 기생화산인 그 숱한 오름들은 물론, 그 오름들과 야초지대에서 노닐고 있는 마소 떼가 어우러져 자아내는 제주의 아름다운 풍경인 고수목마

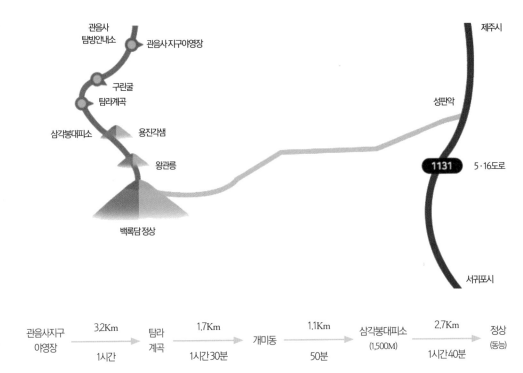

| 관음사지구
야영장 | 3.2Km
1시간 | 탐라
계곡 | 1.7Km
1시간 30분 | 개미동 | 1.1Km
50분 | 삼각봉대피소
(1,500M) | 2.7Km
1시간 40분 | 정상
(동능) |

신동엽이 올랐을 것으로 추정되는 한라산 등반로

古藪牧馬가 눈에 들어오지 않는다. 아무리 태풍이 제주를 벗어났다고 하지만, 초속 40미터로 휘몰아치는 슈퍼태풍 헬렌의 꼬리가 남아 있음을 고려해 볼 때, 이 정도의 한라산 장관과 백록담의 풍경을 신동엽에게 허락한 것만 하더라도 아쉽지만 만족해야 했을 터이다.

그런데, 문제는 하산이다. 한라산의 변덕스런 날씨는 가뜩이나 오후 6시경 하산을 시작한 신동엽에게 무척 힘든 일이다. 칠흑 같이 어두운 산 속에서 하산 길을 순조롭게 찾기는커녕 산의 밀림지대 속에서 길을 잃는가 하면, 하물며 일행 중 사고를 당한 사람도 생기는 등 신동엽 일행은 가까스로 한라산의 밀림지대를 새벽 2시에 빠져나와 말 그대로 기진맥진한 채 "서귀포의 불빛이 멀리 바라다보이는 곳 길가 잔디밭에서 우비를 깔고 쓰러져"(224쪽) 잤다. 그리고 겨우 힘을 내 아침 6시 반에 서귀포에 도착한 후 오전 9시 제주시에 도착하여 힘겨운 한라산 등반을 마친다.

잠시 상념에 젖어본다. 아무리 신동엽이 산을 사랑하고 등산의 맛과 멋을 예찬하고, 태풍의 직접적 영향권에서 벗어났다고 하지만, 태풍을 경험한 이후 날씨가 변덕스러운 한라산 등반을 감행한 이유는 무엇일까. 그토록 산행이 매력적인 것일까. 이와 관련하여, 신동엽이 제주 여행길, 정확히 말하자면, 한라산 등반 여정에 나선 이유를 다시 묻자. 한라산 등반이 제주 여행길의 목적이 아니라면, 태풍 속에서도 그는 제주의 명승지를 '구경'했으므로 아쉽지만 이번 제주 여행에 만족해야 했다. 하지만 신동엽은 기어코 한라산 등반을 시도했다. 여기에는 아시아의 대지에서 발원한 지맥/산맥이 한반도로 내달렸고, 바다 밑을 통해 해저의 화산활동으로 한라산으로 솟구쳤듯, 아시아의 대지를 거쳐 백두에서 한라까지 한반도 전역을 그의 시적 영토로 다루고

이 세상에 나온 것들의 고향을 생각했다

자 하는 것과 분리시켜 생각할 수 없다. 특히 한라산의 등반 과정에서 신동엽은 이러한 지맥과 산맥의 융기를 관념적 사유 대상으로 간주하지 않고, 자신이 직접 온몸을 통해 체험하고 있다는 점에서 제주 기행은 아시아의 대지와 연관된 심상지리로서 신동엽 문학을 이해하는 데 매우 중요한 부분이다.

고향 부여로의 귀환, '귀수성 세계'를 꿈꾸며

신동엽은 1964년 8월 7일 아침 10시 황영호를 타고 제주항을 떠나 목포항에 도착하여 일주일 간의 제주 여행을 마무리한다. 그러면서 그의 여행 일기는 그 이튿날 8월 8일 그의 고향 부여에 도착한 후 "점심 먹고 군수리 논에 다녀오다. 좌섭, 정섭 데리고"(226쪽)란 마지막 문장을 끝으로 맺고 있다. 제주 여행에서 도착하자마자 신동엽은 두 아이를 데리고 고향의 논을 돌아보면서 제주 여행을 어떻게 갈무리하고 있었을까.

제주 여행길이 아시아의 대지적 상상력에 연동된 신동엽의 문명사관을 상기해 볼 때, 신동엽의 문학세계를 생성하고 있는 아시아의 창조적 상상력을 주목해야 한다. 왜냐하면 "양자강변에 살고 있는 한 소녀와 나와는 한 살[肉]이다"(195쪽)에 배어 있는 아시아의 대지를 삶의 터전으로 공유하고 있는 아시아적 연대의 상상력은 신동엽의 문학을 이해하는 데 과소평가할 수 없는 대목이기 때문이다. 게다가 이것은 자신에게만 국한되는 게 아니라 '두 아이'들과의 동행에서 논밭, 즉 대지를 함께 살펴보는 시인의 삶의 태도와 이어지면서 아시아의 대지가 일궈낼 '귀수성 세계'를 향한 그의 순정한 삶에 전율하도록 한다. 그래서 그는, "내 일생을 詩로 장식해 봤으면./내 일생을 사랑으로 채워 봤으면./내 일생을 革命으로 불질러 봤으면./세월은 흐른다. 그렇다고 서둘고 싶진 않다"(「서둘고 싶지 않다」)고 자기인식을 정갈히 갈무리하면서 '좋은 언어'로 세상을 채워 놓을 준비를 하지 않았던가.

그렇다. 신동엽의 제주 여행길에서 한층 새롭게 발견된 아시아와 대지의 상상력을 보다 정교히 탐구하여, 신동엽의 문학사상은 물론 신동엽의 시적 미의식을 규명함으로써 서구 중심의 미적 질서를 극복하고 아시아의 미적 질서마저 해명하는 과제를 남겨둔다. (고명철)

7월 30일 ...... 木浦着.
　　　　 一泊.

儒達山 오르다.
陸地를 向해.
안된다, 안된다. 바다의
侵入을 더 以上 容認하고는 없기
않으냐! 고 主張하면서 훨씬에
同胞를 北하고 있는것 같은
忠魂의 山.

觀光客들이 신심지 않다.
허울한 샌배 바지를 입은
五十代 가까운 旅客들 임에서
「薬術家」 들이 보았다면 ..... 많은
의 이야기가 흘러나온다
역시 風流客들이란 善男의
사람들이다.
尨大한 南海속에서 , 아우의 웃음
의 中으로 하나, 하나 사람들이 웃기지도
　　　　　　 〈임에서라〉

備 #1　旅行錄.

1964년 여름 放學.

　　　　　서울出發 ...... 7월 29일.
　　　　　　　　　　 夜行急行車.

　　　　　木浦着 ...... 7월 30일.

　　　〈새벽 꿈에 별 보다〉

신동엽이 쓴 제주 여행록

詩人
申東

신동엽 시비와 묘지

시비와 묘소에 얽힌 사연

금촌 묘소

1969년 4월 7일 아버님이 갑작스레 돌아가시고 우리 가족은 3일장의 절차에 따라 이틀 뒤인 4월 9일 아버님을 파주군 금촌면 월롱산月龍山 기슭 기독교인 공원묘원에 모셨다. 금촌이라는 지역에 특별한 연고가 있었던 것도 아니고 아버님이 기독교 신자였던 것도 아니다. 당시 동선동 집 가까운 곳에 살면서 우리 가족의 든든한 버팀목이 되어 주던 외할머님이 오랫동안 권사로 있던 돈암감리교회의 도움을 받아 금촌 기독교인 공원묘원에 쉽게 장지를 마련할 수 있었던 것이 중요한 이유였다. 기독교인 공원묘원은 파주군 금촌면 문산제일고등학교 삼거리

1969년 봄 금촌 묘소에서, 인병선 여사

에서 서북쪽 방향, 차량으로 20여 분 거리에 있었다.

아무런 연고가 없는 금촌에 아버님을 모신 것에 대해 '언덕을 넘어 조금만 북으로 올라가면 임진강이 보이므로 통일을 꿈꾸던 당신에게 어울리는 장소'라는 등의 그럴듯한 구실을 붙이는 사람이 없는 것은 아니었으나, 사실은 그해 3월 말기 간암 진단을 받고 묘소를 알아볼 시간도 없이 한 달도 못되어 돌아가셔서 누군가의 도움 없이는 급박한 상황을 헤쳐나갈 수 없었던 사정, 그리고 당시 부여 사람들의 거부감 때문에 고향으로도 모시기가 여의치 않았던 사정 등이 복합적으로 작용하였다.

택시 한 대가 겨우 들어갈 수 있는 황톳길 비포장도로에서 10여 분가량 언덕을 걸어 올라가 한적한 곳에 위치했던 산소 앞에 세워진 묘비의 전면에는 '詩人 申東曄 墓'라고만 굵은 글씨로 새겼고 뒷면에는 출생과 학력, 가족 명단, 대표적 문단활동을 아홉 줄로 간략하게 새겼다. 이 묘비는 1993년 11월 묘소를 부여로 이장할 때 함께 옮겨져 지금도 부여 묘소 앞을 지키고 있다.

능산리 묘소

현재 묘소가 위치한 곳은 충남 부여군 부여읍 능산리 산 56-2번지로 묘소에서 북쪽 방향으로 그 유명한 능산리 백제 고분군이 바라보이는 나지막한 야산이다. 할아버님은 금촌에 있는 아들의 묘소를 언젠가는 부여로 이장하려는 소망을 갖고 계셨고 본인의 사후 묏자리도 마련해야겠다는 생각으로 1970년 2월, 지인 소유의 능산리 야산 일부 150평을 분할 매입하여 작은 묘지 터를 준비해 놓았다.

그런데 이듬해인 1971년 5월, 할머님(광산 김씨)이 교통사고로 갑자기 돌아가시자 이곳에 가장 먼저 모시게 되었고 1982년

4월 뒤늦게 할머님 묘소 앞에 묘비를 세웠다. 할아버님은 당신이 돌아가시면 할머님 묘에 합장하기를 원하셨고, 아버님 묘소도 언젠가는 같은 터로 옮기기를 소망하였다. 이에 따라 1990년 할아버님이 97세로 돌아가시자 우리 가족은 할아버님을 할머니 묘소에 함께 모셨고 1993년 11월 아버님 묘소도 할아버님과 할머님 묘소의 아래쪽 자리로 이장하였다. 현재 능산리 산 56-2번지에는 두 개의 묘소가 있는데, 언덕 위쪽 묘소가 할아버님과 할머님의 합장묘이고, 아래쪽 묘소가 아버님 묘소이다.

이 묘소 터를 잡은 후 언젠가 할아버님이 하신 말씀이 기억에 남아 있는데, 대략 '훌륭하다는 지관地官의 도움을 받아 구한 자리'라는 점, '자손이 권세나 부를 누릴 자리라기보다는 다만 세상의 부질없는 해를 피할 수 있는 자리'라는 점을 강조하셨던 것으로 기억한다. 한학을 공부하신 할아버님 입장에서 지관의 도움을 받은 것은 당연한 일이지만, 구태여 복을 부르기보다는 해를 피하는 것을 의도로 삼았다는 것이 무척 서글프게 느껴졌던 기억이 남아 있다. 하나밖에 없는 아들이 39세에 요절하고 고향에서마저 박대받는 것이 얼마나 한스러웠으면 그런 의도로 묫자리를 찾았을까?

1993년 11월 중순 아버님의 금촌 묘소를 능산리로 이장하던 날, 하늘은 온종일 맑았다가 봉분에 떼 입히기를 마치자마자 보슬비가 내려 마치 하늘이 아버님의 귀향을 축복하는 듯하였다. 1969년 아버님을 금촌에 모신 후 24년이 지난 1993년 11월에 부여로 이장을 하게 된 데에는 나름의 사정이 있었다.

1993년은 김영삼 대통령의 문민정부가 시작된 해여서 사후에도 고향 땅을 밟지 못하던 아버님의 귀향을 고려할 만한 시기가 되었다는 것이 첫 번째 이유였다. 군사정권을 벗어난 첫해 정치적·문화적 복귀를 시도한 것이다. 또 하나, 1980년대 초 서울대 의대를 그만두고 운동권에 뛰어들었던 필자가 김영삼 정부의 특례재입학 제도(민주화를 위해 학교를 떠난 학생들을 원래 학적으로 복귀시켜준 한시적 제도) 덕분에 13여 년간의 거리생활을 마무리하고 1994년 봄에 복학하기로 결정되었다는 것이 두 번째 이유였다.

아버님의 묘소 이장을 앞장서 주도하신 어머님 의도는 말하자면 '이제 세상이 바뀌었으니 집안에 개운開運을 해보자'는 뜻 정도로 해석할 수 있을 것이다. 요즘의 정서로는 잘 이해하기 어려울 수도 있겠으나, 세상이 많이 달라진 마당에 파란 많은 가족사에 뭔가 큰 전환점을 마련해야겠다는, 당시 우리 가족의 절실한 요구가 반영된 것이었다. 어머님이 짚풀생활사박물관을 개관한 것도 1993년이라는 점을 되새기면 당시 이 같은 지

이 세상에 나온 것들의 고향을 생각했다

이장하기 위해 신동엽의 유해를 운구하는 모습(우)과
이장 후 신동엽 묘소의 모습(좌)

향의 분위기를 짐작할 수 있을 것이다.

묘소 이장과의 관련성을 별도로 하더라도 1993~1994년이 우리 가족사에서 큰 전환점이 된 것은 사실이다. 그 이듬해인 1994년 필자는 복학을 했고 그해 여름 동학혁명 1백 주년 기념으로 서사시 「금강」을 각색한 가극 〈금강〉이 세종문화회관에서 공연되었다. 당시 누군가가 농담조로 표현한 바에 따르자면 '신 씨 집안의 완전한 복권復權이 시작된 것'이었다.

신동엽 시비

1970년 처음 세워진 신동엽 시비는 부여 군청 사거리에서 규암 방향으로 가다가 백제대교 직전 좌측의 백마강가 백제 나성지(계백로 180번길)에 위치하고 있다. 시비 건립은 아버님이 돌아가신 해인 1969년 말 신동엽 시비 건립위원회가 발족하면서 시작되었다. 12월 1일 자 취지문을 보면 건립위원회 위원장은 구상具常 시인, 실행위원은 장호章湖, 김상일金相─, 노문盧文, 신동문辛東門, 하근찬河瑾燦, 이석호李夕湖, 정건모鄭健謨, 이병우李炳雨, 유옥준兪鈺濬 등으로 되어 있어, 아버님과 친분이 있던 문인들, 그리고 고향 부여의 문학동호인들로 구성되어 있음을 알 수 있다.

1970년 4월 18일 시비제막식을 마치고, 좌측부터 유옥준, 조선용, 노문, 장호, 구상회, 정건모

시비의 설계는 정건모, 글씨는 박병규朴秉奎, 조각은 최종구崔鐘龜가 맡았으며 시비 전면에 시「산에 언덕에」가 뒷면에 시비 건립위원장 구상 시인이 쓴 시비건립문이 새겨졌다.

우리 강토와 겨레의 쓰라린 역사와 욕된 현실 속에서 민족의 비원을 노래한 시인 신동엽은 1930년 8월 18일 부여고을 동남마을에서 태어났다. 그는 전주사범과 서울 단국대학에서 수학하고 충남 주산농고와 서울 명성여고 등에서 교편을 잡으면서 일생을 시작에 전념하였다. 1959년 장시「이야기하는 쟁기꾼의 대지」로 조선일보 신춘문예에 입선한 그는 시집「아사녀」와 서사시「금강」을 비롯해 우리 강토와 겨레의 쓰라린 역사와 욕된 현실 속에서 민족의 비원을 노래한 시인 신동엽은 一九三0년 八월 一八일 부여 고을 동남마을에서 태어났다. 그는 전주사범과 서울 단국대학에서 수학하고 충남 산고와 서울 명성여고 등에서 교편을 잡으며 시일생을 시작에 전념하였다. 一九五九년 일보 신춘 "금"에 장시 "이야기하는 쟁기꾼의 대지"가 입선한 것을 비롯해 수많은 시와 기대작을 발표함으로써 나신 병으로 一九六九년 四월 七일 잔의 아흔의 특른 니로이 신병으로 나신 그의 시와 그의 인간을 사랑하던 친지와 그의 정을 금할 수 없어 물 한 자들이 주기에 추모의 시한 편을 금 해 그가 나서 자란 이 백마강기슭에 시비를 세거 그가 一九七0년 四월 七일

수많은 역작을 발표함으로써 우리 시단의 주목과 기대를 한 몸에 받았으나 신병으로 인하여 1969년 4월 7일 서른아홉의 푸른 나이로 이승을 떠나고 말았다. 그의 시와 인간을 사랑하던 문단·동문·동향의 친지와 그의 훈도를 받던 제자들이 일주기에 추모의 정을 금할 바 없어 돌 하나를 다듬어 그의 시 한편을 새겨 그가 나서 자란 이 백마강 기슭에 세운다.

— 시비건립문, 1970.4.7

시비의 건립은 순탄치 않았다. 시비는 원래 사람들의 왕래가 많은 부소산 기슭에 세울 계획이었으나 시비 건립을 마땅치 않게 생각하는 일부 부여 사람들의 반대로 인적이 드문 백마강가에 자리 잡게 되었다. 백제대교가 바라보이는 백마강 기슭, 수십 년 들이 소나무가 우거진 숲 사이에 높이 2미터 40센티미터, 너비 2미터 30센티미터로 들어선 시비는 자칫하면 주변 경관에 파묻혀 보이지 않을 정도로 소탈하고 겸허한 모습을 하였다.

원래 계획했던 4월 7일에서 열흘가량이 지난 4월 18일 오후 시비제막식이 거행되었는데, 폭우가 쏟아지던 17일 밤과는 달리 잔잔한 보슬비가 내리는 가운데 약 4백여 명의 전국 문인들, 부여 유지들, 그리고 학생들이 제막식에 참석했다. 제막식에서는 부여여고 합창단이 백병동 작곡의 〈산에 언덕에〉를 불렀고, 저녁에는 부여읍 예식장에서 신동엽 추모 문학강연회가 개최되었다. 문학강연회에서는 박두진朴斗鎭이 '치열한 상황의식의 문학', 장호가 '신동엽의 서정시와 시극', 임중빈任重彬이 '서사시 금강에서 보는 하늘의 의미'를 주제로 강연을 하였다.

그러나 백마강가 나성지 소나무 숲 사이에 호젓하게 자리 잡은 시비 주변에는 1972년 우람한 규모의 '백제 불교전래 사은비'가 들어서고 1987년에는 '반공순국애국지사 추모비'가 들어선다. 한동안 신동엽 시비를 짓누르듯이 에워싸고 있던 이 기념비들은 최근 들어서야 다른 곳으로 이전하였다.

1970년 4월 백마강가에 시비가 처음 세워진 후 1990년 단국대, 1999년 부여초, 2001년 전주교대(구 전주사범학교), 2019년 동국대 사범대학 부속여자고등학교(구 명성여고)에 시비가 세워져 현재는 전국 다섯 곳에서 신동엽 시비를 만나볼 수 있다. 다섯 곳의 시비 가운데, 백마강가의 시비에는 「산에 언덕에」가, 부여초 시비에는 「금강」의 한 구절이 새겨져 있지만, 단국대, 전주교대, 동국대부속여고의 시비에는 가장 대중적으로 알려져 있는 「껍데기는 가라」가 새겨져 있다. (신좌섭)

좌측 위부터 시계방향으로
전주교육대학교
동국대학교사범대학 부속여자고등학교
부여초등학교
단국대학교

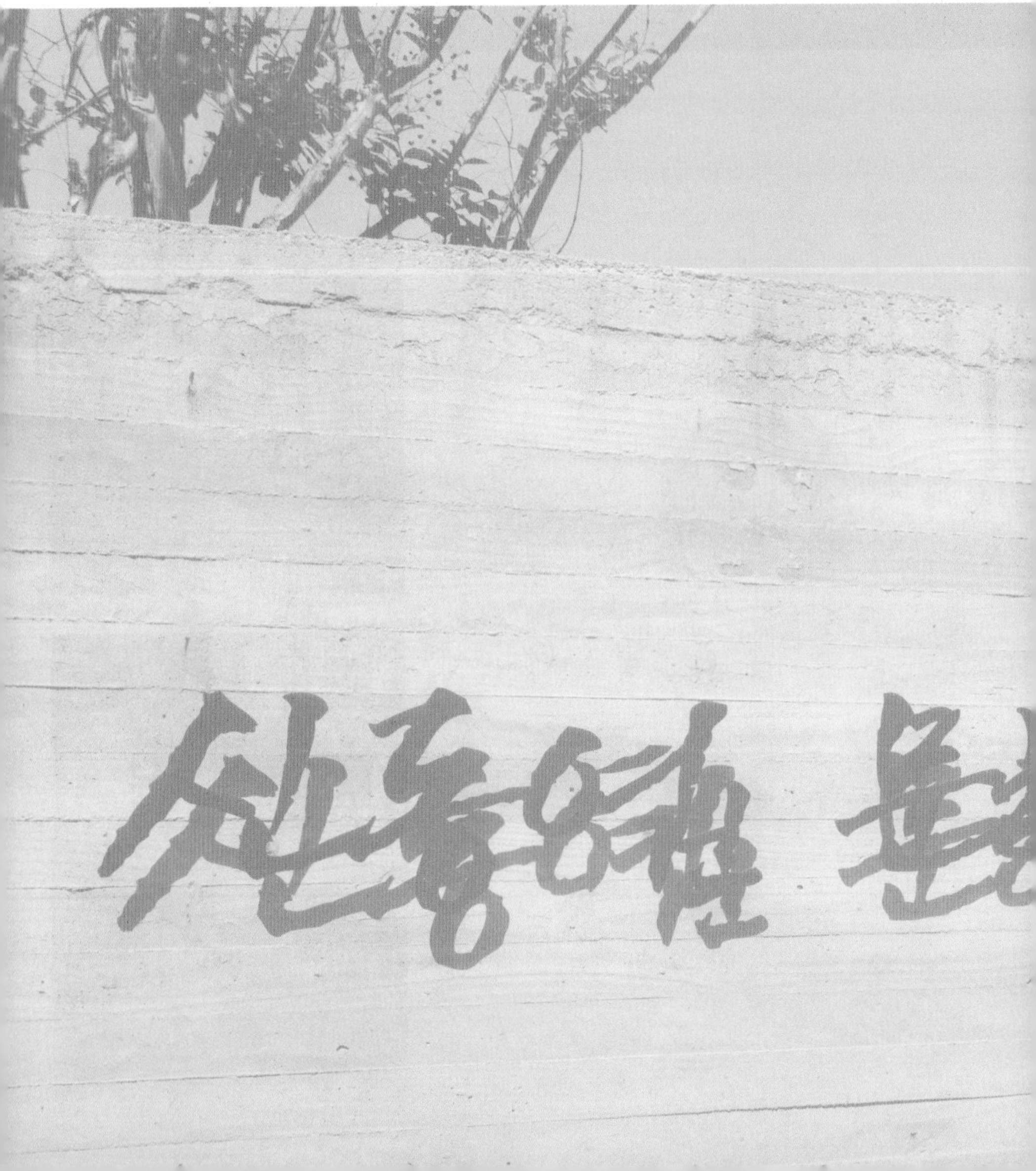

다시 생가와 문학관

신동엽 시인의 부여와 생가 이야기

신동엽의 고향 부여

신동엽은 충남 부여 사람이다. 그는 단지 부여 출신인 것이 아니라 '부여와 같은' 지상의 모든 변방의 영혼을 노래한 시인이었다. 근대화, 산업화의 열기가 뜨거운 시대에 신동엽의 가슴에서 흘러나온 것들은 모두, 대륙도 없고 대양도 없이 삼천궁녀 신화가 흐르는 백마강변에서 시달리는 나룻배 한 척이 삐걱거리는 소리처럼 촌스러운 것으로 취급되어야 했다. 그러나 그는 그것을 사랑했다. 그리고 그곳의 사람들이 짧은 생애를 살다가면서 겪게 되는 적막과 소란, 두려움과 위안, 출생과 이별의 기억들을 노래했다. 신동엽 시인이 자신의 고향 부여와 가난한 고향 사람들에 대해 품었던 연민은 그의 문학 작품 곳곳에 아로새겨져 있다.

> 내 고향 사람들은 봄이 오면 새파란 풀을 씹는다. 큰 가마솥에
> 자운영, 독사풀, 말풀을 썰어 넣어 삶아가지고 거기다 소금 기름을
> 쳐서 세 살짜리도 칠순 할아버지도 콧물 흘리며 우그려 넣는다.
>
> —신동엽 산문, 「나의 설계—서둘고 싶지 않다」 부분

신동엽의 고향 부여는 좀 이상한 마을이다. 이곳에도 통일
신라가 지나가고, 고려, 조선, 일제가 지나갔다. 그런데 왜 백
제뿐일까? 사람들이 굳이 부여에서 백제 이야기를 하는 것은
백제가 늘 망한 날로 기억되기 때문이다. 그래서인지 부여는
'요절한 천재'처럼 늘 안타까운 느낌을 준다. 그 상징물인 백마
강은 한반도에서 오랫동안 '비운'의 기호로 사용되었다. 일제
강점기는 물론이고 1950년대에도, 1960년대에도, 1970년대
에도 백마강은 줄곧 고독과 좌절과 슬픔의 기호였다. 뿐만 아
니라 비극을 삼킨 고대사를 일러주는 설치미술로 가득한 거리,
부여에 닿으면 누구나 회전 교차로에 서 있는 동상을 봐야 한
다. 왕이 의자에 앉아 있는 상을 보고 한자를 모르는 어린 학
생들은 '성왕상聖王像'이라는 글씨를 약속이나 한 듯이 '의자왕'
이라고 읽는다. 누구나 부여에 닿으면 이 동상과 마주쳐야 되
고, 또 약간 비스듬한 자세로 말을 타고 달리는 계백장군의 동

상을 만나야 한다. 옛 황산벌에는 우리나라 최고의 군사훈련소가 있다. 그리고 여기에 대한 스토리텔링은 한없이 무절제하다. 계백장군 이야기의 핵심은 그가 가족을 죽이고 전장으로 나간 데 있는 게 아니라 유사시에 물러설 수 있는 퇴로를 스스로 잘라버렸다는 데 있다. 그는 패전을 준비한 것이 아니라 결사항전을 준비한 장군이다.

부여의 특징은 예나 이제나 이런 이야기를 하지 않을 수 없게끔 유산들이 가득 찬 곳이라는 점이다. 유산이란 우리의 조상들로부터 물려받은 것이며 우리가 또한 후손에게 물려주어야만 하는 지속 가능성을 의미한다. 세계유산이라 한다면 한 민족, 한 국가에서만 보존되고 전승되어야 할 유산이 아니라 전 인류가 공동으로 보존하고 전승해야 할 유산이라는 뜻이 된다. 부여의 주요 장소들이 유네스코에 등재되었다는 말은 이곳이 세계인이 공유해야 할 유적들이 많으므로 지속적으로 보존하고 관리해야 할 곳임을 선포한다는 말이다.

또한 신동엽은 매우 격정적인 시대를 살았다. 신동엽이 활동한 시대는 전후 복구시대가 끝나고 장기 분단이 확정된 대한민국의 국가기반이 구축되기 시작한 시점이다. 이어서 4·19와 5·16을 거치면서 한반도는 걷잡을 수 없이 빠르게 미국과 일본에 종속된다. 세계자유주의 방위체제의 하부 구성물이 되는 것이다. 군사독재가 수행한 한일협정 비준은 한일국교정상화라는 미명하에 이 땅의 민초들이 식민지 경험의 상처를 극복할 마지막 퇴로를 차단해버렸다. 신동엽은 이 시기에 '조국 근대화'를 앞세운 강압적 산업화 세력의 지배 이데올로기에 맞서 싸우는 삶을 택했다. 그는 미국과 일본 등 외세의 힘이 또 다시 민중의 삶을 도탄에 빠뜨릴 수 있는 위험한 시대에 항거한 것이다.

신동엽은 이렇게, 하필 비극적으로 몰락한 고대국가의 성터를 연민하는 사람들 속에서 자아의 눈을 떴고, 또 부여초등학교에서 유일하게 전주사범학교로 진학한 수재였지만 사회 기득권층의 관계망에 편입되는 길을 거들떠보지도 않았다. 시인의 고향 부여에는 그러한 모든 이야기의 실마리를 찾아볼 수 있는 장소들이 있다. 그중에서도 특히 중요한 것은 신동엽길과 신동엽 생가 그리고 신동엽문학관이다.

신동엽길

신동엽 시인의 생가는 부여터미널에서 도보로 4분 거리에 있다. 작은 읍소재지에 있지만 '신동엽길 12'를 도로명 주소로

가지고 있어서 승용차로 오든 대중교통을 이용하든 찾기가 쉽다. 신동엽 시인은 본디 궁남지 인근에서 태어났는데 다섯 살 때 이곳으로 이사를 했다. 당시에 아버지가 '대서사(지금의 행정서사)'를 지냈기 때문에 군청과 가까운 곳에서 살아야 했다. 현 생가에서 군청까지는 도보로 1분 거리밖에 되지 않는다. '대서사'란 지금은 사라진 직종의 하나이다. '대필'이 남의 글을 대신 쓰는 거라면 '대서'는 남의 글씨를 대신 쓰는 일인데, 옛날에 문맹률이 높을 때 농민들이 군청에서 토지대장에 논밭을 등록하려면 자기 글씨를 대신 써줄 사람이 필요했다.

신동엽 시인이 살던 시절에 이 집은 '군청에서 가장 가까운 동네 끝집'이었다. 일대에 초가지붕이 두 채밖에 없었다고 한다. 시인의 아내가 처음 이 집에 당도했을 때 마루 앞마당에 서서 금강을 바라봤다고 한다. 이웃집은 물론 담벼락도 없었던 셈이다. 큰길에서 집으로 들어오는 입구에 아주 예쁜 코스모스가 줄지어 서 있었다고 하는데 그것이 현재 신동엽길이다. 근처에 논밭이 없는 벌판이기 때문에 발자국 하나 찍히지 않은 곳이었다. 유일하게 이곳을 지나다니는 사람은 산책을 좋아하는 신동엽뿐이었다고 한다. 그렇다면 신동엽 시인의 발자국이 쌓여서 길이 되었고, 그 길옆으로 민가들이 들어서서 지금의 마을이 된 셈이다.

신동엽 시인의 아버지는 그냥 독자로만 알려져 있는데 실제로는 3대 독자라고 한다. 신동엽은 손이 아주 귀한 집에서 태어났고, 키는 작지만 용모가 굉장히 출중했다. 그러니까 귀하게 얻은 아들이 잘생긴데다 공부도 잘했으니 아버지가 얼마나 아꼈을지 능히 짐작할 수 있다. 한때 큰방을 아들한테 주고 아버지는 작은방을 썼다고 한다. 학교에 보냈더니 공부를 잘해서 성적표, 등록금 고지서, 가정통신문 따위를 한 장도 안 버리고 쭉 모아두었다. 시인의 아버지는 대서사였으니 문서를 취급하는 분이다. 시인의 어린 시절에 대한 자료가, 적어도 문서로 되어 있는 것은 거의가 버려지지 않고 간직된 이유가 여기 있다.

신동엽 시인은 1969년, 서른아홉 살에 죽었지만 아버지는 부여군이 수여하는 '장수상'을 받았다. 현 생가는 옛날에는 초가지붕이었는데 양철지붕을 거쳐서 기와지붕으로 바뀌었다. 기와를 얹기 위해 건축 뼈대를 새로 앉혔지만 마루는 옛 마루를 그대로 살려두었다고 한다. 다만 마루의 높이가 옛날보다 조금 낮아졌음을 알 수 있다. 왜냐하면 옛날에 동네아저씨 한 분이 하늘에 비행기가 뜨면 무서워서 재빨리 마루 밑으로 기어들어갔는데 지금은 성인 한 사람이 몸을 숨길 수 있는 높이가 아니기 때문이다. 그리고 이건 매우 역설적인 사례이지만 신동엽 생가는 하늘에서 봐야 잘 보이는지 모른다. 신동엽의 시에는 우리나라 작품으로서는 보기 드물게 비행기가 나는 장면이 나온다.

하늘 멀리서 제트기들이 번갯불처럼 지나다니고

—「압록강 이남」

흰 구름, 하늘
제트 수송편대가
해협을 건너면

—「풍경」

로켓에 매달아 대기 밖으로 내던져 버려라.

—「이야기하는 쟁기꾼의 대지」

실제로 신동엽 생가에 앉아 있으면 하늘에 비행기 편대가 지나가는 모습이 자주 눈에 띈다. 그것은 지금도 마찬가지이다. 중국에서 인천공항으로 날아가는 비행기들이 지나다니는 항로이며, 또한 인근에서 군사 훈련을 하는 비행기들이 이곳으로 날아다녀서 신동엽 생가에서 음성을 '녹취'하는 사람들이 시끄러운 소리 때문에 자주 골탕을 먹는다.

마당 가운데에는 웅덩이가 파 있어서 연꽃이 피어났다고 한다. 웅덩이에 고인 물이 사철 마르지 않았던 까닭에 신경림의 시에 "신동엽 시인의 옛집 앞 웅덩이"가 나오는 구절이 있다. 옛날에는 집 앞에 웅덩이가 파 있으면 그 주변에 미나리꽝이 펼쳐지고는 했다. 신동엽 생가 앞에도 미나리꽝 때문에 땅이 질어서 사람들이 마당을 가로질러 다니지 못하고 빙 돌아서 다녔다. 지금 생가의 방에 놓여 있는 것들은, 밀짚모자와 명패와 돗자리만 빼놓고 나머지는 다 아버지가 쓰던 물건 그대로이다. 다이얼 전화기가 처음 들어왔을 때 사용되던 검은 전화통, 대서사들이 쓰는 옥편, 한자로 되어 있는 문서들. 벽장 안에는 사발 몇 개와 생활소품이 들어있다. 지금은 감쪽같이 사라졌지만 2년 전만 해도 생가의 전모를 보훈회관이 가리고 있었다. 신동엽 시인은 오랫동안 좌파시인이라는 혐의로 핍박을 받았고 부

生家
우리의 만남을
헛되이
흘려버리고 싶지 않다

잊었던 날을
늘 잊는 일로
하고 싶은 마음이
당신과 내가
처음 맺어진
이 자리를
새삼 꾸미는 뜻이라

우리는
살고 가는 것이 아니라
언제까지나
살며 있는 것이다

글 인병선
글씨 신영복

여는 김종필 총리의 지역구였다. 그래서 신동엽의 「껍데기는 가라」와 대치되는 현수막이 늘 집 앞을 가리고 있었다. 신동엽 생가는 이렇게 분단으로 인한 정치적 갈등이 고여 있는 그런 장소였다. 이 같은 이념적 경직 현상이 극복되기 시작한 것은 생가 뒤에 신동엽문학관이 들어서면서부터였다. 그 변화를 만들어내기 시작한 사람은 신동엽 시인의 아내 인병선이었다.

인병선에 대한 이야기를 하려면 시 한 편을 먼저 소개해야 한다. 생가 현판을 대신하고 있는 시 「생가」는 인병선이 지었지만 신영복 선생님의 필체로 동판에 새겨져 있다. 부여 출신 화가 임옥상 선생이 디자인을 했다. 이 현판이 있는 생가의 작은 방은 신동엽 시인과 부인 인병선 선생이 처음 살림을 차린 곳이다. 두 사람의 사연이 여기저기에 아로새겨져 있다는 것이 큰 자랑거리 중 하나이다.

신동엽은 1953년에 단국대를 졸업하고, 그해 가을 돈암동 사거리 헌책방에서 일했다. 그때 단골손님이 이화여고 3학년 학생이었다. 이 여학생이 서울대 철학과에 차석 합격을 하고 나서 2학년 여름방학 때 부여로 내려왔다. 그때 처음 본 부여는 너무 시골이고 동네가 너무 가난했다. 집이 하도 낡아 보여서 생가 마루에 서 있는 기둥을 두드려 봤더니 텅텅 소리가 났다고 한다. 개미가 갉아 먹어서 지붕이 허물어질까봐 걱정될 정도였다. 그리고 아마 여름방학 때라서 그랬겠지만 동네사람들이 신발을 안 신고 다녔다. 그때 신동엽의 어머니로 추정되는 분이 맨발 상태로 장에 간다고 해서 자기도 얼른 신발을 벗고, 마당가에 있는 바구니를 들고 뒤따르면서 "어머니!" 하고 불러서 인사를 올렸다고 한다.

인병선 선생의 적극적인 태도는 온 나라에 소문이 나 있을 정도이다. 그분의 회고에 의하면 자기는 신동엽이라는 사내가 너무너무 좋은데 머리끝에서 발끝까지 돈을 벌 수 있게 생기지 않아서 "저 남자하고 결혼하려면 내가 버는 수밖에 없다" 생각했다고 한다. 결국 지금의 부여 '중앙통'이라 부르는 곳에 '이화 양장'이라는 의상실을 차렸다. 이 같은 인병선 선생의 실로 지칠 줄 모르는 성격은 오늘날 부여에 거점을 확보하고 있는 '신

결혼식 가족사진

동엽 신화'의 출발점이 되었다. 신동엽 시인은 서른아홉 살에
자식을 셋이나 남겨놓은 채 병사했다. 지병을 가진 가난한 시
인이 병원 신세를 지다가 아이 셋과 아내를 남겨 놓고 요절했
다면 남은 가족의 삶이 얼마나 힘들었을지 능히 상상할 수 있
다. 아내는 처음에 출판사 편집부에 취직했다가 점점 번역 일
이나 프리랜서를 하면서 생계를 유지했다. 그런데 그 시기에
마침 새마을운동이 일어나서 초가지붕도 허물고 마을길도 넓
히는 과정을 보게 되었던가 보다. 인병선 선생은 이를 본 순간

"이건 문화적 재앙이다"라는 생각이 들어 위기감을 느꼈다고 한다. 그래서 사진기를 들고 기록하며 쫓아다닌 결과가 지금 서울 혜화동에 들어선 '짚풀생활사박물관'이 되었다. 짚풀생활사박물관은 짚과 풀로 만든 생활소품들에 대한 박물관이니 농경문화박물관인 셈이다. 이 박물관은 현재 우리나라의 사설 박물관을 대표하는 명소로 평가되고, 인병선 선생은 한국의 박물관을 상징하는 인물로 평가된다.

그렇다면 대서사 아버지가 아들의 생애의 자료들을 모아둔 것을 박물관 전문가인 아내가 넘겨받은 셈이다. 그리하여 지자체에 기증하면서 담보로 문학관을 짓게 한 것이 오늘의 신동엽문학관인데, 건축가 승효상 작 '신동엽문학관'은 하나의 건축물로서도 빼어나지만 한 인간의 생애가 이만큼 생동감 있게 펼쳐질 수도 있을까 싶을 만큼 훌륭한 문학박물관으로서의 면모를 자랑하고 있다.

신동엽문학관이라는 건축물

신동엽문학관을 지은 승효상은 현재 대한민국 국가건축위원회 위원장이자, 한국을 대표하는 건축가이다. 그는 이 건축물로 신동엽의 대표작 「산에 언덕에」라는 시를 형상화했다고 한다. 건축물 전체의 동선을 이끄는 것은 골목길 크기의 산책로인데, 이 길을 따라서 걸으면 처음에는 건물 아래였다가 "산에 언덕에" 올라가는 느낌으로 건물 위로 갔다가 다시 "산에 언덕에" 내려가는 느낌으로 건물 안으로 들어가서 최종적으로 그 골목길을 타고 건물 바깥으로 빠져나오게 된다. 골목길 크기의 '뫼비우스의 띠'가 건축을 구성하는 중심 동선인 셈이다. 건물 전체를 감싸고 있는 이 산책길은 바로 옆에 물길이 따르고 있어서 마치 부소산을 산책하는 느낌을 준다. 또한 이 건물은 '규격화'되지 않도록 기계적 도식성의 구성물을 철저하게 깨뜨리고 있다. 겉에서 보면 수평과 수직의 구성물 같지만 실제로는 자연의 동선이 살아 있는 공원처럼 조성되어 있다. 아래에서 올려다보면 옥상으로 보이는 공간이 실제로 걸어보면 공원의 느낌으로 바뀌게 된다. 그것도 신동엽의 별명이 '4월의 시인'인 점을 감안하여 해마다 4·19가 지난 4월 하순이 되면 건물 뒤쪽으로 보이는 부소산과 문학관이 색채가 같아진다. 그리고 건물 외피는 「껍데기는 가라」처럼 알맹이로 된, '존재를 과시하지 않는 건물'로서의 기품이 살아난다. 그래서 처음 오는 이들은 고즈넉한 소읍 부여의 좁은 골목길 안에서 속이 꽉 찬 신동엽

신동엽문학관 바깥에 설치된 임옥상 작 〈시의 깃발〉
신동엽의 서사시 「금강」에서 발췌된 구절들이 바람에
나부끼는 모습을 하고 있다.

이 세상에 나온 것들의 고향을 생각했다

신동엽문학관에 전시되어 있는 「금강」 초고와 시작 노트와
신동엽문학관 내부

　이 세상에 나온 것들의 고향을 생각했다

생가와 그 문학관을 만나게 되는 것이 감동적이라는 말들을 한다. 그러다 보니 어느새 신동엽문학관은 부여를 대표하는 3대 근대건축물의 하나라는 명성을 얻게 되었다.

신동엽문학관에 건축답사를 오는 이들은 부여처럼 고도 제한이 큰 곳에서 이 건축물이 건립 과정에 발견된 마한시대의 움집터를 현대적 공간으로 소화한 점을 높이 산다. 건축가 승효상은 설계 변경이 필요한 단계에서 옛 사람이 사는 곳과 현대인이 사는 곳을 같은 원리로 해석하여 움집터를 건축물의 일부로 껴안았다고 말하는데 실제로 이 건축물은 옛 문화유산을 현대건축물의 일부로 품어 안는 모양을 취하고 있다. 옛 사람이 살았던 자리에 현대인들이 더불어 살고 있는 셈이니 유구한 역사와 현재가 공존하는, 그래서 고대와 현대의 '비동시적 동시성'이 구현된 셈이다.

신동엽문학관을 방문하는 이들의 눈에 가장 먼저 띄는 건물 벽면에 걸린 대형 현수막은 해마다 '가을문학제'를 맞아 설치된다. 여기에 사용되는 이미지들은 대부분 1960년대의 신동엽이 낙화암, 부소산 등지에서 찍은 사진들인데, 실제 현장을 보는 느낌을 크게 준다. 일제 강점기 때 이광수가 쓴 기행문에는 부여의 특징을 "눈을 들어 쳐다볼 산이 없다"고 쓰여 있다. 바로 눈

신동엽문학관 내에 있는 북카페

을 들어 쳐다볼 필요까지도 없는 산 쪽을 향한 집 뒤 공터에 신동엽문학관이 들어서 있어서 오늘날에도 인위적인 느낌이 거의 없다는 점이 신동엽문학관의 가장 큰 특징이다. 그만큼 신동엽의 고향과 정신을 체험하기에 용이하고, 또 건물 자체가 하나의 작품처럼 들어서 있어서 창조적 사색과 상상력을 경험시킨다. 그러한 느낌이 극대화되는 곳은 건물 내부의 북카페에 꾸려진 '신동엽 문학상 수상작가관'이다.

신동엽 생가에서 신동엽문학관을 쭉 돌아보고 나서 휴식을 취하는 공간으로 준비된 북카페는 바람과 햇살이 잘 들어서 여름철에 시원하고 겨울철에 따뜻하다. 인문기행을 떠난 순례자들뿐 아니라 동네 주민들도 가끔 쉬어가는 북카페의 벽면에는 역대 신동엽문학상 수상작가 사진이 전시되어 있다. 신동엽문학상은 '창작과 비평사'(현 창비)가 1982년 제정한 상으로, 현재까지 매해 수상작가들을 배출하고 있다. 2018년 가을문학제 때문학평론가 염무웅 선생은 "신동엽의 정신이 곧 창비의 정신"임을 강조한 바 있다. 계간지 『창비』에 소개된 첫 시인은 김현승이었고 두 번째가 신동엽인데, 창비는 신동엽 때문에 굉장히 고생했고 또 영광을 누렸으니 창비와 신동엽문학은 영욕을 함께 해온 셈이다. 그래서 신동엽문학관 북카페는 창비에서 선정된 작가와 작품들을 전시하여 신동엽 정신이 오늘날에는 어떤 모습을 하고 있는지를 보여준다. (김형수)